雪子さんの足音

木村紅美

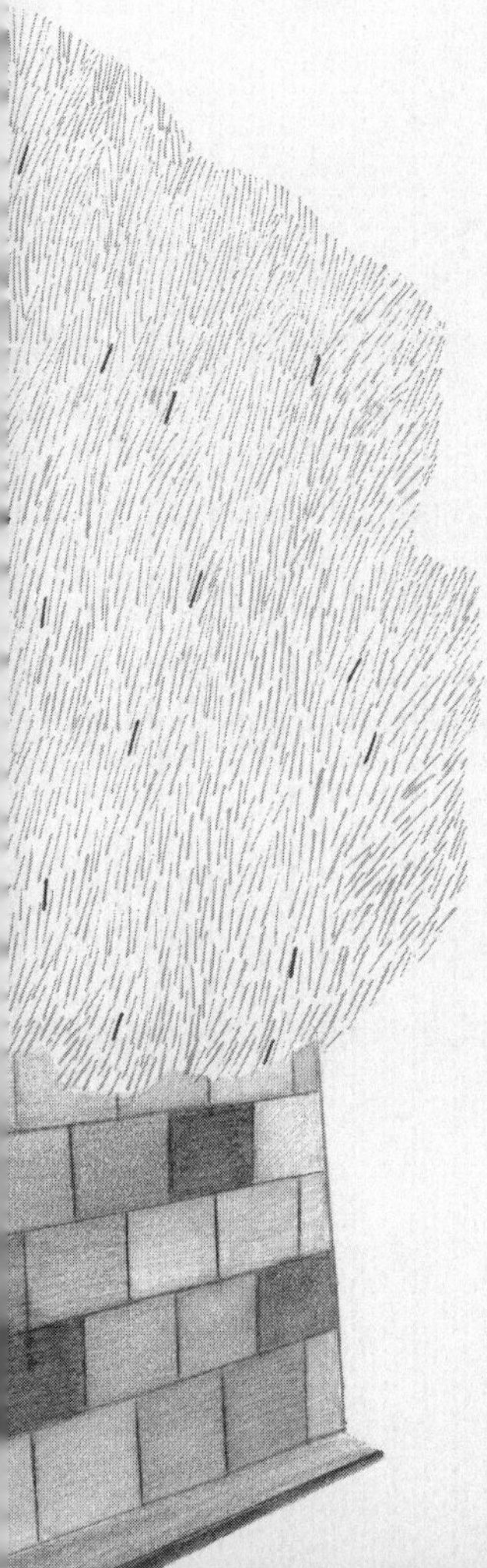

講談社

雪子さんの足音

眠るように死んでまだきれいなうちに下宿人に見つかるというのが、雪子さんの理想の最期だった。その望みは叶えられなかったことを、八月の終わり、薫《かおる》は出張さきの品川のホテルで朝刊を読んでいて知った。

死因は熱中症。エアコンは使われておらず、窓も閉めきられていた。発見したのは、連絡が取れなくなったのを不審に思った遠い親戚で、死後すでに一週間経っていたというから腐敗が始まっていただろう。月光荘は薫が住んでいた二十年まえですでにかなりの築年数が過ぎていた。二階の下宿人には気づかれなかったか、さいきんはもう新しく部屋を借りる人はいなかったのかもしれない。

「ずっと家にいて、わたしが死ぬまで炊事洗濯してやるのかと考えるとつらくて」

「うちのも、もう四十よ」

顔をあげると、隣席にいる白髪まじりの婦人たちのやりとりが耳に飛び込んでくる。朝食を食べ終わったころにやって来た彼女たちは母と同世代で、薫と同じ年ごろで境遇も通じる息子たちが悩みの種であるらしい。

「……さんとこの次男も、収入は安定してるのに出会いがないのね。昔じゃ考えられない」

「まともに結婚できる人との差はどこにあるのかしら」

要らないお世話だ。公務員の薫はつねに身なりを気遣い清潔感を保ち、体型も二十代のころから変わらずスマートでだれに対しても物腰が穏やかで、もてないわけではない。いまは、五つ下の同じ防災課の後輩につきまとわれている。趣味の違う映画やコンサートにしきりと誘われる。押しの強さに怖じ気づき、偽の口実を作りことわってばかりいる。

婦人たちの愚痴は母が陰でこぼしているのを聞かされているようで、ぞっとするけれどテーブルを移るのも癪《しゃく》で、振り払ってドリンクバーの煮詰まりすぎた苦い珈琲《コーヒー》を飲み、記事を読み返した。住所も名前もいくら見つめても同じ。

「川島雪子（90）」ということは、お世話になっていたころは七十になるかならないかだと初めて突きつけられた。いまの薫の母と同世代だったとは信じられないほど、思い出のなかの彼女は銀髪がふわふわしてもっとおばあさんに思えた。夫も息子も亡くしひとり暮らし。おぼろげな記憶が合っていれば、自分が死んだら全ての貯金は必要経費を差し引いて国境なき医師団に振り込むように記した本気かわからない遺書が、寝室にある三面鏡の抽斗《ひきだし》のいちばん底にある。

きのうで仕事は終わり帰宅を一日のばしたのは、知人の見舞いに行くことになったためだ。時計を見ると九時。十二時に三鷹に着けばよく、高円寺に寄り道し、そのまま中央線で向かえばいい。

月光荘をひとめ見にゆくことにした。JRの駅南口から徒歩十五分。五日市《いつかいち》街道を渡ったさきの迷路のように入り組んだ住宅街の行き止まりにあり、西向き。トイレとシャワーはついているけれど浴槽がなく、洗濯機置き場は廊下で、家賃は五万だった。都心ではお得な物件。チェックアウトをすませ重い荷物をフロントから送り身軽になった。

外へ出ると今日は三日間の上京のうちでいちばん暑い。叩きつける光を照り返すタクシーの行き来する坂の下に見える駅舎と出入りする人波のようすはぼんやりとかすみ、生きたまま蒸される気分になる。信号が変わるのを待つあいだにペットボトルの水を半分飲んだ。
　雲ひとつない薄青い空を見あげた。もしも雪子さんが喉の渇きに苦しみ冷蔵庫や蛇口までたどりつける体力もなく倒れたのだとしたら、そのとき、彼女の脳裏には、娘のころに東京大空襲を逃げ惑った記憶がよみがえってはいなかったか、思い描いた。真後ろを走っていた人は焼夷弾が命中し一瞬で燃えあがり黒こげになったという話を聞かせてくれたことがあった。本当なら、あの日に死んでいてもおかしくなかった。

　大学三年の六月、月光荘の入り口の新聞受け兼郵便受けに一通の封筒が入っているのに薫は気づいた。中身をたしかめると、あじさいの絵柄の便箋とまっ白いカードが出てきた。便箋には万年筆で流れるような文字が記されている。
〈二〇三号室　湯佐《ゆさ》様
　こんど我が家での夕食会にいらっしゃいませんか。同封したカードにご都合のつく日を書いてわたくしのポストに投函していただけると嬉しいです。
　ご興味がなければ、無理に誘うものではありませんので、手紙ごとお返し下さい。川島雪子〉

一階の大家さんだった。仙台から上京し、このアパートを借りる契約をしたときは息子と同居していた。引っ越しの手伝いをしに来た母と萩の月を手みやげに訪れると、ふたり揃って出てきて、玄関さきで挨拶を交わした。

「家賃は、毎月末日までにかならず払ってくださいね。翌月にずれた場合は延滞料金を請求しますから」

冗談ではなさそうな証拠に笑わない眼で念を押してきた息子は、もっさりとした中年男だった。灰色のフレアースカートから小枝のように細い足をのぞかせ、薫の手のひらに収まりそうな小さな顔の、栗鼠《りす》を思わせるよく輝く瞳が印象に焼きつく夢見る少女めいた雪子さんと、まるで似ていない。仕事はしているのかしていないのか、よく平日の日中に部屋着同然の姿で道ばたで煙草をすったり、公衆電話のボックスにこもり何事かにやけながら話しているところを見た。

ときには、殺気立った声で怒鳴りつけたり、威嚇《いかく》するためか苛立たしげに壁を叩く音が響く。懸命になだめようとする雪子さんの声はかき消される。いまにも軽々と持ち上げられ床へ投げ落とされたり首を絞められたり事件へ発展するのではないかと不安に駆られ、警察に通報するべきか迷っているとしずまり返り、こんどは、反省しているのかわからない息子のすすり泣きが聞こえることがある。仲がよいのかわるいのか、判断がつかない。

暮れに息子は亡くなったと、二月も半ばを過ぎてから、近所の主婦たちのお喋りを小耳にはさんで知った。言われてみれば、そのひと月まえ、共用のごみ捨て場に、男物とわかる着古した衣類の詰まった袋やアダルト雑誌の束などが山ほど出されていたことがあった。とっさに、あの男は、憎しみを溜め込んでいた母親に毒でものまされたのかと想像が働いた。思わず探りを入れた。

「月光荘の息子さん……、ぼくは、二階に住んでる者ですが。いったい、どうして」

「病院へ運ばれたときには手遅れだったって。うちはちょうど夫の実家へ行っていて、お通夜にもお葬式にも出られなくて」

「うちはハワイへ行っていたから」

薫も帰省していたころの出来事だった。旦那さんが亡くなってから、ずっと、ふたり暮らしだったと聞いた。雪子さんは他に子供はいない。

「息子さん、……いつのまにか、ああなっていたのよね」

〈ご興味がなければ、無理に誘うものではありませんので〉

もういちど手紙を読み返すと、文面のなかのその件《くだ》りの筆跡は、とりわけふるえるように揺らいでいて、迷いながら勇気を奮い万年筆を走らせているようすが思い浮かぶ。年寄りの大家さんの暇つぶしにつきあうなんて億劫で仕方なかったけれど、ここで無視するのは、自分がいかにも冷たいと感じた。おそるおそる、郵便受けに返事を入れた。

〈今週の金曜夜は空いています〉

外付けの鉄骨階段を軋《きし》ませてのぼり、廊下のいちばん奥の部屋へ戻る。台所を通りぬけ、六畳の和室に置いた簡易ベッドに倒れこんだ。

約束の日時になると、薫は、なんの手みやげもなく部屋から降りて一階の住まいのインターホンを押した。はい、とやさしくうわずった声がする。

「こんばんは。二〇三の湯佐です」

「お待ちしておりました」

冷房の利いた山手線に乗ると、薫は携帯で雪子さんについて検索した。ニュースサイトが引っかかる。月光荘を出てからの二十年、彼女はもちろん小野田さんについても消息を調べたことはなかった。つきあいのあったころは携帯もパソコンも広まっておらず、固定電話に次ぐ連絡手段といえば手紙だった。

ツイッターの画面をひらき、雪子さんの名前だけではなく、高円寺、大家、熱中症といったキーワードも組み合わせ検索をかけた。絞り込まれたつぶやきに眼を通す。

〈よく無料でごはんを食べさせてくれました〉

〈ひさしぶりに来た喫茶店でマスターから昔お世話になった大家さんの訃報を知らされました。新聞にも載ってる〉

〈引っ越してからなんの連絡もしなかったのを、いまさら後悔〉

「今夜は誘いに応じてくださってありがとう」

出迎えてくれた雪子さんは、淡い水色のサマーセーターの胸もとに白いあじさいのコサージュをつけていた。

「すみません、手ぶらで」

「ことわられるだろうとしか思ってませんでした。来てくださっただけで、天にも昇る心地です」

居間へ通されると、畳のうえに、レースのクロスのかかったテーブルが置かれ、座椅子がふたつ向かいあっている。促されて縁側を背に座った。カーテンを引いた網戸から夜風が流れ込む。薫の持っている倍のサイズのテレビを点《つ》けてくれ、リモコンを指さした。

「どうぞ、お好きな番組にしてください」

チャンネルを変えてゆくと、当時は珍しかった衛星放送にいくつも加入しているのがわかった。興味が湧いたけれど見入るわけにもいかず、民放のバラエティ番組にした。

「あの、息子が亡くなったことは?」

雪子さんが、すぐ横の台所からふたりぶんの箸と取り皿、お絞りを運んでくる。冷蔵庫から刺身の盛り合わせを出してラップを剥《は》がし、おからやひじきも並べた。

「知ってます、ぼくは冬休みで仙台へ帰ってまして。だいぶ経ってから近くの家の奥さんに教えられました」

「ちょうどこの辺りの方たちがいっせいに東京を留守にしていたときに倒れましてね。救急車を呼んだけれど手遅れで。ビールは? いっしょに飲みません?」

「じゃあ、……いただきます」

ここには仏壇はない。

居間の壁にはあちこちに、西洋の画家の展覧会のチラシや絵葉書が貼ってあった。モネの睡蓮、ドガのエトワール。マティスの裸婦やピカソの泣く女、薫も好きな、鶴のように細い首と吸い込まれそうな青灰の瞳をしたモディリアーニの女の絵もある。正面に座った雪子さんとグラスをかち合わせた。

「あの、他にお客さんは？」

「今夜は、湯佐さんとふたりだけよ。二〇二の方は、資料を置くために借りていて。たまに寝泊りして仕事することもあるようだけど、住まいじゃありませんから、招待状も初めから出しませんでした」

後ろ姿しか見たことのない男の人だ。洗濯機もないし、生活音がまったく聞こえない。

「二〇一は？　女の人ですよね」

一六五センチの薫より高い堂々とした背丈だ。去年の八月、いちどだけ、互いにドアから廊下へ出るタイミングが合って対面した。ゆるいパーマのかかったボブカットをして、落ち窪んだ眼に鼈甲《べっこう》っぽい縁の眼鏡をかけ、くちびるは鈍重そうに厚い。お世辞にも美人とは言えない。

それまでにも、ベージュのコートや肩パッドの入った紺のブレザーにスカートといった出勤姿を目撃していた。その日は地味な色あいのごちゃごちゃした小花柄のワンピースに、ピアノの発表会じみたレースのボレロを羽織り、ストッキングに房飾りのついた革靴を履いていた。

「こんにちは。とても暑いですね」

身を縮めるようにして挨拶する声は澄んでいて可憐で、見た目とちぐはぐなようで面喰った。薫がズボンのポケットに片手を突っ込み、鍵を探すふりをしているあいだに彼女は階段を降り、門から出て、足音がアスファルトを遠ざかった。

「小野田さんはね、誘ったのだけど、今日は欠席」

「仲良しなんですか?」

「あの方は、岩手の高校を卒業して上京したときに月光荘を借りて、四年めになるの。息子が倒れたとき、救急車を待っていたら、こっちへ降りてきてね。事情を説明すると、わたしひとりじゃ心許ないだろうと、いっしょに病院へ付き添ってくれた。そのときからのつきあいなのよ」

それなら、一浪して上京した薫と同い年だ。老けて見える。

「息子はね、生きていたころは、とにかく出て行ってほしいと願っていたんです。なぜ、あんなふうになってしまったのか、まったくわからなくて。……途方に暮れるばかりで」

たしかに、若死にしたのを哀れには感じなかった。日夜、外までもれる騒音を聞かされていたはずの近くの主婦たちの口調にも湿っぽさはなく、いなくなってくれたおかげでほっとしたようすだった。めったに鉢合わせすることのない他の住人も自分と同じ考えだろう。

「でも、いざひとりになってしまうと、予想を裏切られてさびしくて。可笑しいでしょう？　勝手な望みだけど、下宿人の方たちとお近づきになれないかと思いまして」

「そうですよね、せっかく同じ建物にいるんですから」

「もちろん、踏み込みすぎない程度に」

透きとおった白い花びらのような刺身は平目で、こぶじめにしてあると聞いた。昆布の風味が沁みているのを初めて食べ、おいしいのかどうか、わからなかった。

「岩手なら、ぼくとは隣りの県同士ですね。ぼくは、大学では美術史を学んでまして」

「あら、……憧れてしまいますわ」

溜息交じりで声をひそめられ、身を引いた。

「卒論で松本竣介という岩手に住んでいたことのある画家を取り上げるつもりで、五月の連休は、ゆかりの場所を巡りに行きましたよ。戦後まもなく早死にしたんですけど」

「わたしも彼の絵は大好き。美智子皇后もお好きよね。青い色が、シャガールのように独特で」

「よく知ってますね」

グラスが空きそうになると、すぐさま、無駄のない仕草で注いでくれる。幸せそうなようすに遠慮するのは気が引け、ただで呑めるのはありがたくもあり、しかたなく委ねた。鶏刺身がなくなってくると、これでは若い人は足りないだろうと、天ぷらを揚げ始める。鶏やイカ、野菜を、塩とおろしにんにく、手製のつゆに交互につけて頬ばった。

お手洗いに立つと、薄暗い廊下の奥にふたつのドアが向かいあっていて、親子それぞれの寝室だろうと察した。煙草のやにと線香のにおいが混ざって漂い、鼻がつんとする。居間へ戻ると、まだおなかが満たされていないのを見抜かれていて、豚の角煮と煮汁の染みた卵を出してくれた。

「いま、かやくごはんが炊き上がったけど、白いのがよければチンするけど」

「じゃあ、炊き立てのほうを」

そのあとも、帰ろうとするたびに桃を剝《む》いたりお茶を淹れたり、頂き物のお菓子を出してくる。話題の中心はテレビで、とりとめない感想をやりとりした。十時を過ぎると、さすがに意を決し、座椅子に貼りついていた腰をあげた。

「ぼくは今日はこれで」

「そう？　小野田さんともお会いになりたければ、こんどは三人で食事会をしましょうね。あの方とわたしは、この部屋をサロンと名づけているの。仕事や人間関係の悩み、芸術、時事問題について、なんでも自由に話しあえるように」

「ええ、……いや、会いたい、というわけじゃないですけど。よかったら」

「これからも、手紙を出していい？」

「でも、ぼくもいろいろ用事が」

傷つけないでかわしやすいように答えると、先取りし微笑まれた。

「他に優先したい用事が入ったときは、直前でも断ってください。その場合、うちに寄るのは面倒でしょうから、外の郵便受けに、ひとこと書いたメモを投函していただければ」

「直前？　そんなわけには。準備もあるでしょうし」

「それもお気遣いなく。ご希望なら、作りすぎたおかずはこんなふうに差し上げますし」

余りものをタッパーに詰めて持たせてくれた。

「今夜は楽しかった。おやすみなさい」

ベランダのないアパートだった。七月に入った休日、窓辺に洗濯物を干し終わったところで、だれかが階段をのぼってきてブザーが鳴り響いた。宅配便ともＮＨＫの集金とも名乗らない。居留守を装うとノックされた。

「あのぅ、湯佐さん？　いらっしゃいますよね」

雪子さんだ。初めて夕飯にまねかれてから毎週届くようになった、小野田さんと三人で餃子パーティーはどうか、レンタルした映画を観ないか、といった手紙は、立てつづけに無視してきた。開封してひとめチェックしただけで、翌朝には向こうの郵便受けに戻す。いちいち、無理に誘うものではない、とつけ加えられているとはいえ、申し訳ない気分が生じてきていた。玄関へ歩み寄り返事する。

「すみません、いま、取り込んでて」

「もう、お昼は食べました？」

「いえ」

「これから、小野田さんと喫茶店へ行くのだけど、いっしょにどうかしら、と思って」

「はあ」

「マスターがわたしの古い友人で、つい最近、手術して。復帰祝いを兼ねているの」

起きたばかりで空腹だったせいもあり、つきあうことにした。洋服に着替え、ハンチング帽を被《かぶ》りドアをあけると、すでにふたりは歩道に出て笑いあっている。薫は、ぶっきらぼうそうに見えるようくちびるを噤《つぐ》み、けだるい足取りで下へ降りた。

「あらためて紹介するわね。こちら、二〇三の湯佐さん。仙台出身の大学三年生」

雪子さんが説明し、薫は初めて、昨夏に居合わせたときと同じ服装に思える小野田さんと間近で向かいあった。

「湯佐です。どうも」

「小野田です。テレフォンオペレーターをしています」

声だけは軽くそそられるような、眼を瞑《つむ》って聞いていたくなる魅力がある。ぴったりの仕事だろう。

「ほら、湯佐さん、卒論のテーマの話をしなさいよ」

雪子さんがなぜだか急《せ》かすようにささやいてきて、薫は抗えずに訊いた。

「あの、岩手出身、って聞きましたけど。ぼくは、盛岡で少年時代を過ごした、松本竣介、という画家を研究してまして。知ってますか」

「ええ、先日、雪子さんに画集を借りました。青い色の素敵な絵」

子供の声の響く住宅街を、雪子さんがさきに立ち、若いふたりは後ろからつかずはなれず歩いた。

「竣介が盛岡中学で、彫刻家の舟越保武と同学年で親友だったというのは、すごいつながりですよね。互いの才能を磨きあって。小野田さんにとっては、地元の誇りでしょう」

「ふなこし……、ごめんなさい、わからないです。こんど帰ったら、親に聞いてみますね」

信号を渡り、緑のアーチが出迎える商店街へ入る。駅のほうへつづくなだらかな坂を下る途中、両脇にいくつも、大ぶりの花や幾何学柄をした原色のミニワンピースを着せられたマネキンを飾った古着屋を見た。店のなかはいかにも掘り出し物が埋もれていそうに薄暗いか、それも売りものであるチューリップめいたオレンジや黄色い笠のついた電灯が天井から吊られ、壁紙や照明も赤やピンクをしている。薫は、顔見知りのライムグリーンの髪やマッシュルームカットの店員と眼が合うたび、会釈しあった。

三人の組み合わせをどう思われているか気になる。喪服ではないものの、法事の帰りの親戚同士みたいだと思っていると、小野田さんがシャツをしげしげと見つめ訊いてきた。

「湯佐さんは、……あの、そういう、顕微鏡で見た植物の細胞っぽい柄ってなんて呼ぶんでしたっけ」

「ペイズリー、です」

「ああ、ごめんなさい。岩手でジャズ喫茶やってるうちのおじが若かったころみたいな服装が好きなんですか？　なつかしい気分になります」

「上京したての頃は、ぜんぜん興味なかったけど、大学の友だちに六〇年代や七〇年代のロックや洋服を好きな人が多くて。モッズとかサイケとか」

「へえ。……いや、わかりませんけど。恰好よさそう」

「ローリング・ストーンズなら、ブライアン・ジョーンズがいたころが最高、みたいなね。そいつらに影響されて、自分に似合うやつの探し方を教わったんです」

「面白いお友だちがいるのね。わたしは頭がわるいし、実家に余裕がなくて縁がなかったけど、たぶん、とことん楽しむべきじゃないですか。大学時代って」

高卒の彼女にそう言われると、くすぐったくもあり、私立文系の自分は恵まれているようで後ろめたくもなる。彼女はすかさず、他意はなさそうに微笑みかけてきた。

「あ、べつに、羨《うらや》ましいわけではないですよ。わたしは、早く働いて自立したかったから。下の弟には進学してほしくて、その費用のために岩手に仕送りもしてるし」

「偉いですね」

「でも、たいした額じゃないです」

喫茶店に着き、雪子さんが扉を押すと鈴の音が響く。

「退院、おめでとうございます」

クラシック音楽が鳴っていて十席ほどあるうす暗い空間に、客は他にだれもいない。

「これはこれは、ありがとうございます。二階のお嬢さんもどうも」

小野田さんともすでに顔馴染みらしい初老の店主が相好を崩す。

「こちらも、部屋をお貸ししてる方なの。孫たちを連れ回してるように見えるかしら」

「ええ、とっても仲が良さそうで、いい光景」

四人掛けの席に、下宿人同士で隣りあい、雪子さんと向かいあって座った。特製カレーとサラダ、珈琲のセットを頼む。すでに昼食を終えたという女ふたりはミルクセーキだ。

薫がカレーを食べ始めると、カウンターから、泡立て器で牛乳と卵をかき混ぜる音が聞こえてきた。おなかが落ち着くと、小野田さんに質問した。

「あの、……盛岡の、どの辺りの出身？　ぼくは、ゴールデンウィークに竣介について調べに行って、かなり歩き回ったんですよ。ちょうど桜が満開で。銀行とか公会堂とか、大正ロマン風の建築が意外と残ってますよね」

「そうですね」

「岩山、でしたっけ？　街と、街を囲んでる山がぜんぶ見渡せる展望台にものぼりました」

小野田さんは背中を丸め、まろやかな薄黄色をしたミルクセーキをストローで吸いあげると、言いにくそうに答えた。

「わたしは……、あの、北のほうの山深いとこの村の生まれで。じつは、盛岡は、すごく遠いんです。車で三時間くらい」

「ああ、広い県だし」

「はい」

「すみません、勝手に盛岡って思い込んじゃってて。ぼくの早とちりでした」

慌てて謝り、笑い返してほしかった。彼女は、自分に非があったとでも受け止めているようにうつむき、もっと、壁のほうに身を寄せる。助けを求め雪子さんを見ると、代わりに説明してくれた。

「小野田さんはいつも、ふるさとには死んでも帰りたくない、なんて仰《おっしゃ》るのだけど。写真を見せてもらうと、東京から出たことのないわたしには、メルヘンそのままの世界に見えますけどね。牧場があって、春になるとすみれや春蘭《しゅんらん》、宮沢賢治が、底の黄色いコップのよう、と書いたそのままのフデリンドウが咲いて。山桜もいっぱいあるし、野生の藤の花がトンネルのように垂れ下がるの」

「ええ、まあ。……景色は、なつかしくなることもあります。山菜と松茸も。松茸は、近所の人が持ってる山にどっさり生えるから、いつも、ただで貰う」

小野田さんが気を取りなおしたらしくミルクセーキをすする。

「夏は、川で泳げるのでしょう？　せせらぎで西瓜《すいか》を冷やして」

「はい、天然の冷蔵庫ですね」

「わたしは、いっぺん、野の花を探しに、元気なうちに連れていってほしいと頼んでるの」

「それは、父が亡くなりでもしたら。アル中ですから」

小声できっぱりと言い切る眼もとに醒めた笑いが浮かんだ。雪子さんの眉間にしわが寄り、口紅を輪郭より狭く塗ったくちびるをすぼませる。

「いざ、いなくなったら、あなたもさびしくなるわよ」

「わたしの場合は、ありえませんって」

幸せな家庭はどこも似ているが、不幸せな家庭はさまざまだ、というだれかの言葉を思い出した。薫は前者で、女たちは後者のようだ。話に入ってゆけず、入りたくもなく、だまってカレーとサラダを平らげ、珈琲にミルクと砂糖を溶かす。

新しいお客さんたちもやって来た。雪子さんくらいの年配の夫婦もいれば、アングラ女優っぽいつけ睫毛をしてまっ赤な口紅を塗り、水玉のワンピースを着た女の子もいる。慣れているらしくひとりで現れ、クリームソーダを頼み、脚を組んで煙草をすい始めた彼女に視線を引き寄せられていると、雪子さんに単刀直入に訊かれた。

「湯佐さんは、……いま、つきあっていらっしゃる恋人は？」

「こ、恋人？」

演劇サークルで知りあった元彼女の千紘《ちひろ》には、この春さきにふられた。最初は薫の脚本に惚れて本人にも惚れたと言い、向こうから告白してきてつきあい始めた。月光荘にも数回泊まりに来たけれど、そのたびに下の息子が立てる騒音に耐えられず、おもに薫のほうが大学により近い彼女の部屋へ入り浸るようになった。

やがてもうひとりの脚本家志望の男子のほうへ傾いていって、徐々に約束をキャンセルされることが増え、電話一本で別れを告げられた。部室からは足が遠のき、夏休みに彼女とふたりでバックパックを背負いタイを旅行する資金を貯めるために始めたバイトも、やる気が失せて辞めた。

「それは内緒、というか。……いや、これじゃ、いない、と言ってるのと同じかな」

苦し紛れにごまかそうとしていると、雪子さんはいっそう身を乗り出し、小野田さんも伏し目がちに視線を送ってきて、余計、しどろもどろになる。

「いまはいないです。好きな子はいるけど」

こんどは、同じ学科の女友だちの理江《りえ》を鮮明に思い描いた。横浜のほうの実家暮らしで、電話すると、家で仕事をすることの多い設計士の父親が出たりする。

つきあうためにどう近づいてゆけばいいのか、いまは、こっそり作戦を練っているところだ。自分から下手に当たって砕けて、わだかまりが生まれて友だちとして無邪気に遊びづらくなるのはいちばん避けたくて、できれば、向こうから言わせるように仕向けたい。

「そう、好きな子。いいわね」

雪子さんは紅《あか》いビロード張りの椅子に深くもたれ、自分にもそんな若いころがあったのを思い起こし反芻《はんすう》するような彼方を眺める眼つきをして、つぶやいた。小野田さんは大きく頷きかけてきて、湿ったストローの包み紙を手持ち無沙汰そうに丸めては伸ばした。

「湯佐さんは、この年頃にしては、お部屋にいる時間が長いでしょう。お勉強に励んでいらっしゃるんだろうと思って感心していましたの」

「は？」

一日に階段を上り下りする回数でもチェックしているのだろうか。友だちもろくにおらず孤立した大学生と勘違いされているようで、恥ずかしくなった。ごろごろしているだけだとは答えたくなく、他の言い訳も考えつかなくて、とっさに、半ば遊びとして温めていた計画を明かした。

「ぼくは、去年まで大学の友だちと劇団をやってましたが、辞めたんです。脚本家志望だったけど、ボツになってばかりで。いまは、小説に挑戦しています」

千紘を見返してやりたい、というもやもやが、いたずらに書いてみようかと思いついたいちばんの動機だ。笑われるだろうと予測したけれど、雪子さんは真剣なまなざしに変わり、小野田さんも息を止めるのが伝わった。口もとを覆い、訊き返してくる。

「本気ですか？　あの二階の片隅で、作家志望？」

「志望してる、というほどのものじゃないですけど。でも、嘘じゃありませんよ」

「それは応援しなくては。いったい、どんな作風ですの？」

「八月末が締め切りの新人賞に応募する予定ですけど、まだ冒頭を書いては消してばかりで、……なんとも言えません」

立ち読みした公募ガイドで仕入れた情報をもっともらしく話した。ふたりとも、目配せを交わし、くちびるを引き締め頷いてくる。

雪子さんが気前よく奢ってくれて外へ出た。薫は、その午後はなんの予定も入っていなかったけれど、友だちと約束があることにして、家に帰る女たちと別れた。


月曜日の夕方に大学から帰り郵便受けをあけると、また手紙が入っていた。封筒をあけると、一万円札の入ったぽち袋と便箋が出てきた。

〈以前より痩せてきたようで心配しております。試験勉強も小説の執筆も体力が必須でしょうから、これで精のつくものでも食べてください。川島〉

すぐに返しに降りた。雪子さんがフリルのひらひらしたエプロン姿で出てくる。

「困ります、これ」

「わたしは孫がいないから、孫にあげるお小遣いのつもりで」

「たまにごちそうしてもらえるだけでじゅうぶんというか」

「お気に召さないのなら、言い方を変えましょうか。わたしは若い芸術家志望者のパトロンになりたいの。本を買ったり映画を観たりする足しにしてください。どうせ、頂いてる家賃のなかから返しているのだし」

「でも、……いや、もちろん、助かりますけど」

「わたしのささやかな望みをかなえてもらえませんか」

「そこまで言うなら……、じゃあ」

たちまち、負けた気分になって頭を下げ、ポケットにぽち袋を押し込めた。台所のほうからなにか煮える旨そうなにおいが流れてくる。まだ夕飯を食べておらず、おなかが鳴った。雪子さんにも聞こえたらしい。

「もし、よければ、召しあがっていきます？　小野田さんもいるし」

「いや、……ええと」

返事に困っているとさらに探ってくる。

「今夜は外食？」

「ええ、定食屋にでも行こうかなって」

こちらへ降りて詰め寄ってきた。つぼでも押すように手首に触れられ、背中を冷や汗が伝う。年寄りの大家を邪慳《じゃけん》に振り払えるわけもない。

「うちですませるほうが栄養のバランスが取れるし、お代も浮くでしょうに。病気にならないか心配」

「病気？　まさか」

「偏った食事は、将来、糖尿や何やを誘発しやすくなるのよ。もちろん、無理強いするつもりはありませんけど」

冷静に考えると、仕送りを節約できるのは魅力だった。向こうは若い人に接するのが生き甲斐と化していて、互いに純粋に得するだけだと言い聞かせた。

「じゃあ、お言葉に甘えて」

サロンへ入ると、小野田さんが雪子さんとお揃いのエプロン姿で台所に立ち味見をしている。

「どうもいらっしゃい。おかずはたっぷりあるから、ひとりくらい増えても平気ですよ」

雪子さんが冷蔵庫をあけ、刺身の盛り合わせを取り出す。

「煮物は、いっぺんにどっさり作ったほうが美味しいのでね。余ってしまうのが常なの。お刺身も、漬《づ》けにすれば明日のおかずにできるから、うちは、多めに買うのが習慣なのよ」

「ぼくは、……皿洗いくらいやらせてくださいね」

「まあ、男の方が自分からそんなことを仰るなんて。新しいタイプだわね」

「いいえ、実家じゃ父もやりますし」

「洗いものは、わたしたちは料理をしながら片っ端からやってしまうから、手伝われるのはむしろ迷惑なの。全く苦じゃありませんから」

＊

あの年の夏も暑く、小説などろくに書かなかった。たまに、かたちになりそうな一行めが浮かんでも、じっさいにノートに文字起こしすると、そのときは手応えがあっても半日くらい経って読み返したら、支離滅裂で投げ出す。夜明けごろまで、テレビや借りてきたビデオを観て、シャワーを浴び簡易ベッドに倒れ、太陽が空高く昇ってから汗だくで眼ざめる。エアコンを点けてもうひと眠りしていると、電話が鳴り出し、枕もとに置いた子機を慌てて摑む。

「はい？　湯佐ですが」

「川島です。出前……、いかがかしら？」

あくびを嚙み殺し時計をたしかめると、十二時半だ。

そのころ、夏休みのあいだにいっしょに花火大会や海水浴へ行くつもりでいた理江は、予想を裏切り、親戚の営む宮崎県の農園へ住み込みのバイトに出かけていて、いとこたちと共同生活を送っていた。親戚ばかりいるなかに薫からはるばる単身で乗り込んでゆくのは、どう見られるのか気になって度胸が据《す》わらなかった。

週に一、二回、向こうから、いちばん近い国道沿いにあるという公衆電話を使って、近況を知らせにかけてくる。通話ボタンを押すたび、期待で舞いあがりそうになるけれど、だいたい、雪子さんだ。無惨に落胆し答える。

「十五分後くらいで」

きっかり四十五分にノックされ、それまでには着替えてドアをあけると、朱塗りの盆を掲げた彼女が背すじを伸ばし立っている。

「おはようございます。きのうも、遅くまで精を出していらっしゃったでしょう」

「ありがとうございます。いただきます」

薫は部屋へ引っ込むと、冷やしうどんをすすりこみ、まだ熱々のかき揚げを頬張った。前夜の出前の盆を返しに行ったときにリクエストしたものだ。レタスやトマトのサラダと青菜のごま和え、お新香も添えられている。

「ごちそうさまでした」

空になったのを返しに降りると、おずおずと訊かれた。

「夜は……、どうします？　たまには一緒に。もちろん、お仕事が区切りのつくところまで進んでいれば、でいいですけど」

最初は、テストが終わったら新人賞に送る小説を書きあげるまで、毎食、ここへ食べに来るよう勧められた。二、三回は渋々と従い、そのあと、ことわりつづけるようになると、出前をしましょうと提案された。それもはね返しかけたけれど、無料で栄養のバランスが取れているうえにボリュームも備えた食事が届けられるのはやはり助かり、ここ十日ほどは出前に頼りきっていた。

「小野田さんは残業ばかりで、つきあってくれなくてね」

消え入りそうにつぶやかれると、少しずつ向こうのペースに搦《から》めとられつつあるむずがゆさを感じるものの、かすかにでも浮かぶはずの傷つく表情を見たくなくて申し出を拒めない。

「じゃあ、今夜は七時くらいに」

門から出て郵便受けをあける。チラシをくしゃくしゃに丸め、二〇三へ戻った。廊下の洗濯機を回そうとして、下のほうが黒ずみ千切れてきていた水色のカバーが新品に取り換えられているのに気づいた。どこかで蟬がけたたましく喚き始め、周りの仲間もつられるように順々に鳴き出し、ずれた輪唱が広がってゆく。

連日、昼ごはんのあとは夕方まで、駅前のマクドナルドや、雪子さんの来なさそうな若い人がやっているカフェに長居し、本や雑誌、漫画を読んでいた。留守のあいまのしわざとしか思えない。感謝を伝えるのが面倒で、気づかないふりを決めこんだ。


お盆が明けると、雪子さんは、女学校時代の友だちと軽井沢へ一泊旅行に出かけた。留守中の夜と二日めの朝兼昼ごはんは支度させてほしいとのことで、自由に出入りするようにと家の合い鍵まで渡された。

カフェから帰ると、部屋には寄らないで直行した。サロンはエアコンがついていて涼しい。リモコンをたしかめると、つけっ放しのまま出かけたわけではない証拠に、ちょうど薫がやって来るだろうと想定されるより少しまえの時刻に自動的につくよう予約設定してある。気重でしかない。

テーブルのうえに、今夜と明日のメニューと一品ずつの置き場所を箇条書きしたメモがあり、冷蔵庫をあけた。ひとりでは食べ切れなさそうなおかずの量に溜息をつき、カレーの鍋を取り出し、コンロにかけるとインターホンが鳴った。

「二〇一の小野田です」

ドアをあけると、結婚パーティーの帰りみたいな、胸もとが大きくあいて光沢を帯びた灰色のワンピースに黒いハイヒール姿の彼女は汗で前髪が湿り、ハンカチを握っていた。

「こんばんは、今日はぼく、ごはんだけ食べに来てて」

「事情は知ってます。わたしも、ごちそうになりに来ました」

「え?」

玄関へ入ると、ハーゲンダッツのアイスクリームが入った袋をまっすぐ突き出してきた。

「これはおみやげ。雪子さんは、湯佐くんにわたしもよんでるって伝えておくって言ってたけど?」

「いや、初耳」

廊下へあがった彼女の横にならぶと、苺《いちご》っぽい香水のにおいが漂っている。鎖骨のうえにプラチナのネックレスが揺れているのにも気づいた。

「けっこう、向こうは向こうで、学生におばあちゃんの相手ばかりさせているのをすまなく思ってるみたいで。たまには、小野田さんがひとりで相手をしてあげて、ってお願いされて。……でも、わたしなんてまるっきり冴えなくて、逆に迷惑だろうけど」

「いや、そんなことは」

「今日も一日、よく働いたなあ」

小野田さんはサロンへ入りエアコンの下に立つと、風を受け、さらにバッグから金閣寺のような絵が描かれた扇子まで出して首もとを扇いだ。ワンピースの襟ぐりを軽くはためかせると、キャミソールかスリップか、手ざわりのつるりとしていそうな白い肌着が見え隠れし、薫はうつむいて台所へ移動し、煮立ってきた鍋のようすを見た。雪子さんのメモにある通り、焦げつかないよう、お玉で底からかき混ぜる。

「ぼくは、気分転換に一杯だけビールを飲もうと思うけど、小野田さんは?」

「わたしは下戸で……、ほんと、ごめんなさい」

「いや、謝らないで。あの、同い年だし、今日からはため口で話すのはどう?」

「はい。うらん、うん」

すでに小鉢にセットされラップをかけられたサラダやお浸しといった副菜をテーブルにならべる。小野田さんは、これもご自由にどうぞ、と言われてる、と言い、タッパーに入った他のおかずも取り出した。冷奴や煮卵に薬味を散らす、桜色のマニキュアを塗られた指さきは、生まれてこのかた重いものなど持ったことがないようにほっそりとしているのに初めて気づいた。

「じゃあ、湯佐くんは執筆おつかれさま、ということで。乾杯」

お洒落だね、などと気の利いたことはひとつも言えないまま、それぞれ、ビールと麦茶の入ったグラスをかち合わせた。

「会社は……、夏休みっていつ？」

「うちは、七月から九月までの好きなときに取れる仕組みになっていて。わたしはひとりでツアーに申し込んで、九月の中旬にインドネシアのバリ島に行くの」

意外な組み合わせだ。ゴージャスだね、と感嘆してみせると、小野田さんは正座していた脚を崩し、微笑んでつづける。

「普段は、実家への仕送りもあるし、洋服も遊び代もなるべく節約して暮らしてるけどね。雪子さんのお小遣いのおかげで、勤め始めて四年めで初めて、人並みのOLっぽく羽を伸ばせるようなもので、感謝してる」

バイトが忙しいのか、しばらく連絡の途絶えている理江は、今年の春休みはずっと、バリ島のウブドという山のほうの村で過ごしていた。第二次大戦が始まるまえのころ、この島に魅了され移り住んだドイツ人の画家について卒論を書こうとしているためだ。

「大学の友だちでバリのアートに詳しい人から教わったんだけど、ぼくは、満月の夜の祭りや影絵芝居を観てみたいな」

「そんなのがあるの？　素敵そう。わたしは、景色のいいビーチで、ひたすらぼぅっとしていたい、っていうだけで決めたんだけど」

「ガムラン、っていう音楽も神秘的でかっこいいよ。散歩してると、そこらじゅうから楽団の練習がもれてきて、風情があるとか。本場で聴けるのが羨ましい」

星の砕け散る音が幾重にもぶつかりあい、延々と輪を描き、響きつづけるような音楽だ。理江がおみやげでくれたカセットテープを、真夜中にイヤホンをしてベッドに寝そべり集中して聴くと、銀河のほとりへ放り出される気分に浸れる。

「そういえば、ガイドブックに載ってた。読み返してみるね」

「まあ、おすすめかな」

「湯佐くんと話してると、世界が深まり広がって思えるよ。物識《ものし》りで、周りにも、変わった趣味のお友だちが沢山いて。あ、お酌」

薫のグラスが空になり自分で注ごうとすると、手のひらを泳がせ、缶ビールを引ったくろうとする。

「あ、いいって、いいって」

「ほんと？　わたし、宴会のとき、いつも男の人たちにやるのタイミング遅れて、陰で顰《ひん》蹙《しゅく》を買うらしくて。それもコンプレックスのひとつで……」

「ぼくたちは下宿人同士だし。女の人にばかりそういう役割が押しつけられがちなのは、いびつだよね。めいめいが自分のペースで飲んでいればいいんだよ」

これは元彼女の千紘の受け売りだ。フェミニズムの勉強をしている。小野田さんには意味が通じているのか、いないのか、きょとんとしたようすでまばたきされた。

「でも、……下手でごめんなさい」

惰性でつけていたバラエティ番組がコマーシャルに変わり、もっとましなのを求め、新聞のテレビ欄をたしかめた。衛星放送でエリック・ロメールの映画をやっていた。ふたりの男と同時につきあうパリジェンヌがヒロインだと思い出し、恋愛ものを彼女と鑑賞するのも気まずく、そのままにする。ビールはひと缶だけにして、早く帰ろうとカレーライスをかっこみ始めると、向こうから訊いてきた。

「湯佐くんは……、他には、どんな音楽が好き？　洋楽じゃなくて、邦楽」

「うーん……、小野田さんは？」

「小室哲哉《TK》のプロデュースものや大黒摩季、ＤＥＥＮとか。先週、同僚に借りたのはＴＵＢＥ。夏っぽいの以外にも名曲があるよ、って教わって、新鮮だった。こんど、ダビングしたのでよければ貸す？」

「いや。ぼくは、日本の音楽番組はぜんぜん観ないし、ヒットチャートにも興味がなくて」

「まさか、ぜんぜん、だなんて」

「ロックやポップスのリズムに日本語は合わないんだ。聴くのはストレスにしかならない」

　電話の鳴る音が伝わり、天井を見あげる。二〇三に理江からかかってきたのだろうか。四、五回でしずまった。薫が高校生のころ、初めて行ったコンサートは、小室哲哉のいた

TMネットワークだ。隠してきつく言いすぎた悔いも相まって、くちびるを歪ませ、カレーのつづきに戻る。小野田さんは愛想笑いを貼りつかせたまま、そう、とつぶやいた。音楽の好みについてはそれ以上、追及してこなかった。

テーブルのおかずがほとんどなくなると、一瞬、盗聴を怖れるみたいに辺りを見回す。唾を飲み込み、声をひそめ訊いてきた。

「あのね……、毎日、雪子さんとだけ会ってばかりいて、不満とか、ほんとにない？」

いつのまにかストッキングをぬぎ、素足になっている。千紘や理江なら、この季節は夏服の色あいに合わせて欠かさないペディキュアなど塗られていない生の爪が眼に入り、帰り時だと判断し立ちあがった。

「べつに」

「ないとすると、それはそれで心配」

しつこくて、壁時計を見やり答えた。

「しょっちゅう、お小遣いをくれるし、外食よりずっと身体にいいものを作ってくれるし。いまは、これも一種のバイトでおばあちゃんと理想の孫ごっこをしてるようなものだと割りきって、利用させてもらってるだけだよ」

立ちあがり、空いた食器を乱雑に重ねた。油汚れをすすごうと蛇口をひねると、小野田さんもよろけて立ちあがった。

「待って、洗いものはぜんぶわたしがやる」

「自分のだけでも」

「ううん、湯佐くんのぶんも洗ってあげてね、って条件で、その、わたしも貰ってるし」

「はあ」

あくまでも自分には家事をさせまいとする用意周到さを、ありがたいというより縛りつけられるように感じる。流し台のまえで佇んだままでいると、小野田さんは正面から歩み寄ってきた。野暮ったい眼鏡の向こうでにわかに張り詰めた、豆粒ほどの鏡となってこちらのシルエットが封じ込められそうな潤んだ眼つきで、そっとのぞきこんでくる。

「正直に言ってるのならいいけど……、ほんとに、なんの悩みもない？　向こうには伏せておくから、なんでも、打ち明けてほしいんです」

問いかける声がふるえて掠《かす》れ、また上のどこかで電話が鳴る。舌打ちしたくなるのをこらえた。

「あえて言うなら……、ぼくたちにあんなに良くしてくれて、自分の生活は、困ってないのかな、とか？」

「息子さんの保険金が下りたはずだし、永福町にもアパートがあるの。他には？」

「思いつかないな。もう、執筆に戻るよ。いま、詰まってた次の展開がようやく浮かんだから、早くかたちにしないと」

出任せが口を突いた途端、彼女は魔法が解けたみたいに身を引き、姿勢を正した。両手を後ろに回し、取り繕うようにはにかんで微笑み訊き返す。

「もしや、わたしと喋っていたら、思いついた、ってこと？」

「アイスは貰っていって、部屋で食べていいかな」

「スランプ脱出ね。もちろん、もちろん」

勢いよくあけた冷凍庫から、四つくらい持たせてくれた。

「今夜は楽しかった、おやすみなさい。……応援してるね」

玄関のドアまで見送ってくれて、おとなしく引き下がった。二〇三へ帰ると、勘が当たり、留守電のランプが点滅している。

「今日……、バイトの夜勤？　それとも、遊び？　旅行？」

仙台の母からだ。

「東京は記録的な猛暑でしょう。薫はよくひとりで耐えられるもんだって、家族全員で言ってるわよ。行き倒れてないわよね？　じゃあね」

網戸にしていた窓から、庭の草むらでさかんに鳴き始めた鈴虫やコオロギの声が聞こえる。その夏初めて、空気の底に秋の訪れを感じた。電信柱の上のほうから蝉も唸りだし、灯りはつけないで窓をあけ、空を見あげた。お盆は終わったのに、まだ夏休み中で出かけている人が多いのだろうか。名前も知らない息子が亡くなった暮れのころのように、辺りの家々はいっせいに留守にしていて、どこも暗く、星がいつもより沢山見える。

息子は、あの女たちふたりがかりで、このしずけさを得るために殺されたのだとしてもおかしくない気がした。たぶん、ばれない。まさか、と笑い飛ばした。

＊

新人賞の締め切りは八月三十一日の当日消印有効で、投函するとき、付き添いたい、と雪子さんに言われ、お小遣いの上乗せを期待し、承諾した。フロッピーディスクに二十パターンほど保存した、寝言めいた冒頭だけでは規定の枚数に足らないため、他のレポートなどの書き損じも混ぜこぜにして紐で綴《と》じ、封筒に入れる。ふたりで昼ごはんを食べたあと、郵便局へ向かった。

窓口で切手代を払うあいだ、後ろの椅子から見守る雪子さんの視線がまとわりついて感じた。

「では、速達でお出ししておきます」

歯切れよく応じる局員の眼には、自分は、いまどき珍しくおばあちゃん同伴に抵抗のない、人の好い青年にしか映っていないだろう。雪子さんは、外へ出ると、そのまま仙台へ帰省する薫を駅まで見送ってくれた。

「今日は新しい記念日だわ、作家が誕生する瞬間に立ち会えて」

「そんな大げさな。初投稿だし、確実に落ちます」

一ページ読まれただけで放り捨てられるイメージしか浮かばない。いつにも増して瞳を輝かせ、尊敬しきった面持ちで見つめてくる、この夏の彼女の献身ぶりを踏みにじるようなのも痛快で、危うく吹き出しそうになるのをこらえた。うなだれると、ハンドバッグからいそいそとぽち袋を取り出す。

「駄目なら、再挑戦するのでしょう？　これは、往復の交通費の足しにしてください」

「……いいんですか？」

「高円寺には、小野田さんがバリへ旅立つまえには帰られるのよね？」

小首を傾げ、逃げ出したくなる包み込むまなざしをして訊いてくる。ひとりにされるのがいやなのだ。

「ええ、半ばまでには」

東京駅で新幹線に乗ってからたしかめると、三万円入っていた。報われたのか、実感が湧かない。融通の利かない先輩やお客さんを相手に汗水垂らしこき使われるバイトにくらべれば、時給は割高な気がしていた。ただお金にありつくためだけに嘘もごまかしも巧くなっていって、いずれ麻痺し、そのことを自覚さえできなくなってゆきそうだ。

窓の外を眺めているうちに、聳《そび》えるような建物は減っていった。風が渡る緑の田んぼを見つめ、当分、会わないですむと思うと、初めて、案外と胃を締めつける疲れが溜まっているのがわかった。

背もたれをぐっと倒した座席に身を沈ませ、深呼吸をくり返し、後ろめたさが積もり積もってゆくのと引き換えに貰うのだと言い聞かせた。無駄遣いはせず、まとめて卒業旅行に注ぎ込むつもりでいる。

後ろめたさも、いつかは、慣れて感じられなくなるのだろう。

十日ほど向こうの友だちと遊んで過ごし、高円寺へ戻ったのは夜おそかった。雪子さんはもう眠りについたのか、月光荘の一階は灯りが消え、二〇一も二〇二もしんとしている。部屋の鍵をあけ玄関に入り明るくすると、辺りがやけにぴかぴかして見えた。スニーカーをぬいで台所へあがり、何度も見回す。

ガスコンロも流し台も、錆《さび》や汚れがなくなり、引っ越し直後みたいに磨きあげられている。掃除しないまま出てきたはずだった。床には綿埃《わたぼこり》どころか、塵《ちり》ひとつ見当たらない。

留守電を再生した。横浜の実家へ帰ったはずの理江から入っているだろうと思っていた。一件だけ、劇団の友だちの拓二から吹き込まれている。

「いま、高円寺にいるから、めしでもどうかな、って……、あ、まだ、仙台？　ごめん」

机のうえのワープロや電気スタンドの周りに薄く積もっていた埃も拭かれていた。トイレとシャワーがいっしょになっているだけの、床がコンクリート打ちっ放しだった小さな浴室も、黴《かび》くささが消え、排水口に絡まっていたごみが丹念に取り除かれている。

ベッドに横たわると、敷き布団が干されたばかりみたいにふかふかと身体を受け止めるのに呼吸が止まり、飛び起きた。自分で最後に干したのは梅雨入りまえだった。あらためて部屋の隅々まで点検する。表に出した本もCDも、抽斗に入れてあるアダルトものの配置も同じだ。なにひとつ、盗まれた形跡はない。

翌日、電話の音で眼ざめた。電話機についていた埃もきれいになっている。

「はい？　湯佐です」

時計を見あげるとすでに正午を過ぎていた。

「昨晩、遅くに帰られましたでしょう。物音で気づきまして」

騒々しかった蟬の声も、連日、干あがりそうだった蒸し暑さもなくなり、窓からカーテンを透かし入り込む光はさらりとしている。いい天気なのだろう。声の晴れやかな響きに、かえって、背すじが冷え冷えとし、返事が出てこなくなる。

「お昼はいかが？　昨夜《ゆうべ》の残りの中華風カレーがあって、カレーうどんにもできますけど」

素揚げしたじゃが芋の入った好物だ。空腹だけれど顔は合わせたくない。

「あの、……もう投稿しちゃったし、今日からは、気を使ってほしくないというか」

不法侵入について疑問をぶつけようか、迷った。掃除の手間が省けたのはたしかで、証拠もなく、どう訊いてもしらを切り通されそうな予感がする。話がこんがらかり、疲れがふくらみあがるだけに思えた。

「え？　でも、いま、冷蔵庫は空っぽでしょう？　外食に出かけるくらいなら、いま、下へ降りてきて、さっとすませてしまうほうが、よほど時間の短縮になるじゃありませんか」

「うーん、……なんていうか」

受話器を握りしめる手のひらから汗が滲《にじ》み、ぬるりとすべる感触にもうんざりする。いっそ、あの息子のような胴間声《どうまごえ》で、ふざけるな、とでも怒鳴りつけてやりたくなり、いまさら、洗濯機カバーの変化に気づいたときになにも言わなかったのを悔やんだ。大きく息を吸う気配が伝わる。

「わかりました。……わたしが、いくらでもお節介を焼かせてくださるようなのが嬉しくて、つけあがってしまった、ということよね」

弱々しくへりくだられると、渇いた喉の奥から押し出されそうになっていた、傷つけそうな文句が引っ込んだ。力が抜け、つい、また、なぐさめるような反応をしてしまう。

「いいえ、ほんとに親切にしてくれて、ありがたかったです」

「いずれは、手紙をもとにしたつきあいに戻りましょう。そのほうが気兼ねが要らないのは理解しております。でも、それは、小野田さんがバリへ行って、帰ってからにしてくれませんか？」

勘弁してほしい。今日からもう、手紙に変えてくれと叫びそうになり、壁のカレンダーに眼が留まり、それならあと半月ほどの我慢だと考えなおした。きっと、お小遣いはさらにふんだくれるだろうし、そこを乗り越えれば大学も始まる。

「わかりました。カレーは、うどんにかけて出前にしてください。十五分後くらいに」


その翌週だったろうか。いつもより早めに作ってもらった昼ごはんを食べながら、竹橋にある美術館の展覧会で竣介の絶筆となった絵が公開されていて、これから観に行くとうっかり言うと、雪子さんもついてきたがった。

「今日、夜は小野田さんの壮行会でしょう。いまからそれ用のごちそう作りに取りかかるつもりでいたけど、いいわ、夕方に帰ったら、お寿司の出前でも取りましょう」

「壮行会？」

そんな計画は耳にした憶えがない。

「ええ、だって、外国に行ってしまうのですもの」

昼も夜もつきあわされるのに、あらためていやけがさす。雪子さんはかまわないように立ちあがり、食器を片づける。

「わたしといっしょなら、入館料はお支払いしましょうね」

白いブラウスの襟もとに濃いピンクの薔薇《ばら》のコサージュを飾り、黒いスカートにリボンのついたローヒールの靴を合わせ、新しいカーディガンを羽織った彼女と駅へ向かう。中野で東西線に乗り換えるとひとつだけ席が空いていて、座らせた。薫は彼女の真ん前に立った。

落合駅を通るとき、竣介は東京ではこの辺りに暮らしていたのだと説明した。知らなかったそうで聞き入ってくれる。太平洋戦争が激しくなってきてからも、家族は田舎に疎開させたのに自分は落合に留まり、たびたび空襲に見舞われつつも、神奈川県にある職場まで通っていた。贅沢品の絵の具が失われないよう庭の土に埋め、絵も描きつづけた。雪子さんも自分の体験を明かしてくれる。

「わたしは……、すぐ後ろを走ってた人に焼夷弾が当たって、炎に包まれ、悲鳴もあげないまま……、ううん、他の音がすさまじくてかき消されただけなのかもしれないけど、まっ黒くなって崩れ落ちるのを見たわ。でも、火傷《やけど》を負ったり手足をもがれたり、中途半端にやられて痛がって泣いて死ぬよりは、ああいう即死がいいわね」

「じゃあ、……何センチか弾がずれていたら、雪子さんが」

「そうよ、もしもわたしがあの瞬間に死んでいたら、満州帰りの夫と知りあうことも、息子が生まれることもなかったのねえ。でも、けっきょく、わたしのほうの血すじは、わたしを最後に絶えるのだけど」

「いや、まあ、助かってよかったです」

「爆撃機に乗ったアメリカ人のパイロットと眼が合ったこともあるわよ。一気に急降下してきて。湖のような薄青い瞳。『アラビアのロレンス』のピーター・オトゥールと似ていた」

そこまでわかるわけがないだろうとしか思えなくてからかいたくなり、膝を見おろす彼女が片手だけ握りしめかすかにふるえているのに気づくと、薫は、へえ、とだけつぶやき受け流した。どうもおとぎ話っぽく聞こえる。

ふと辺りを見回したら、雪子さんと同じかもっと上に見えるお年寄りの乗客ばかりが妙に気になった。雪子さんのとなりの、トマトの入った味噌汁を作るだの孫に贈った服を喜ばないだの、お嫁さんの愚痴で盛りあがっているおばあさん同士も、通路を挟んだ向かいで気むずかしげに新聞を広げたつるっ禿げのおじいさんも、ひとりずつ、その内側には、転がった死体を山ほど見てその臭いを嗅いだり、家も持ち物も焼け失せたりした記憶を秘めているのだと初めて想像を馳せた。

おじいさんなら、この車内ではどんなに温厚そうにみえる人でも、戦地で罪のない人を斬り殺したり、強姦したり、死んだ仲間の肉を食べたりしているのかもしれない。夜には、その光景がよみがえり、人知れずうなされたりする。薫は仙台では祖父母と別々に暮らしていて、五十年もむかしに戦争のあったころの話など聞いたことがなく、尋ねない限り、向こうから教えてくれることもない。

そういったことは、いままで、竣介の生きた時代についての資料や、実家でたまに観る八月十五日の特番などのテレビを通して知るだけの遠い出来事としか考えていなかった。

「ぼくは、彼の絵は、日本なのかヨーロッパなのかはっきりしない街角や風景を描いてるのがいちばん好きです。透きとおった色調で、知らない場所なのに、なつかしいような、夢のなかで迷子になったことのあるような景色だな、って思うんですよ。そんな絵を、戦時中の東京で仕上げてる集中力にもびっくりします」

「たしか、耳が聞こえなかったのよね」

「ええ、旧制中学のとき、病気のせいで。それで徴兵されないですみました。靉光《あいみつ》とか、池袋モンパルナスの仲間には出征して亡くなった画家もいますけど」

くすくすと笑い出し、取ってつけたように言い出す。

「わたし、もしかすると、火に追われて手をつないで走って逃げたことがあったかも」

「竣介と、ですか？」

「髪型が似ていたわ。いま、五十年ぶりに思い出した」

美術館に着くと、薫は、まっしぐらに目的の絵へ向かった。見憶えのある女の人が佇んでいる。

「小野田さん？」

腰を屈めたり後じさったりして、異様に熱心に見入っているところに回り込んで話しかけると、眼を見ひらき、こちらを向いた。

「わっ、こんにちは。研究のため？」

「うん、明日からバリだよね。今日、仕事は？」

「旅行の準備もあるしで、午後だけ半休を貰ってたんだけど、情報誌に紹介されていたから気になって」

他の絵を観ていた雪子さんも気づいて歩み寄ってくる。

「まあ、あなたもいらしてるなんて。奇遇ですこと」

「湯佐くんが研究してるっていうんで、興味が湧いて。今日はこれも参考に持ってきました」

ハンドブック風の画集を小脇に挟んでいて、めくって見せてくれた。一枚ずつの解説と、巻末には年譜もついているのを、雪子さんといっしょにのぞきこんだ。フロアに他に客はなく、椅子に座った監視員はうつらうつらとして、お喋りを咎《とが》めてくることもない。図書館で借りたのではなく、買った本だ。

三人で展示を廻り終えるころには空が薄紫に染まっていた。壮行会は外食にすることになり、歩いて神保町へ出て、むかし雪子さんが夫と入った思い出のあるロシア料理店へ入った。

薫は、ボルシチにキノコのパイ包み焼き、羊肉の串焼きといったものを初めて食べた。粒ごとたっぷりまぶされた体臭めいたスパイスの香りよりさらに強烈に、青臭い牧草のにおいが鼻に突き抜け、筋ばっていて咀嚼《そしゃく》するのに苦労した。

「わたしはもう、おなかいっぱい。湯佐さんが召しあがって」

ふたりで食べているときも、しょっちゅう、唐揚げに春巻き、コロッケなど、雪子さんはそうしとやかに言って薫に勧めてくる。健啖家《けんたんか》ぶりを示すと大受けで、それもお小遣いの額を左右するようで無理に応えているうちに、手持ちのズボンのウエストが軒並みきつくなってきている。

この夜も、三人なのに、羊に限って四人まえほどの量を注文していた。多すぎるかもしれませんよ、と忠告したのに聞かなくて、ひと皿のボリュームが予想以上だった。

「いや、ぼくも、ちょっと。小野田さんは」

「わたしも」

けっきょく、全員で二人まえも食べきれない。店員に下げられるのを見送るとき、この残飯代もお小遣いとして貰いたかったと舌打ちしたくなる。ロシアンティーを飲み、民謡の流れつづける店を出てからも気分は尖っていた。

小野田さんの帰国日はお彼岸の最終日で、薫は午前中、雪子さんとふたり、東京駅から東海道線に乗って湯河原へ向かった。川島家の墓参りにつきあうためで、誘いを受け入れるのは、今日が最後のつもりだ。花にこだわりのある彼女は、仏花として、行きつけの花屋で一輪ずつ選んだ薔薇やリリーの花束を用意した。

潮風の吹く駅まえのロータリーからタクシーに乗った。澄みきった空をトンビが飛び回り、窓の両側にみかん畑が広がる。坂道をのぼり、山のなかの寺に着いた。

「うちのは、頂上なの。まだ湯佐さんがサロンの輪に加わるまえ、小野田さんと来て以来」

斜面に切りひらかれた墓地の石段をあがってゆく途中、水を汲んだ。夏を引きずる陽ざしに照りつけられ、雪子さんをさきに、のろのろ歩く。薫は、ずっと、地面を見おろしていた。しょっちゅう、息を切らしては立ちどまる雪子さんの影が視界をかすめるたび、このつきあいは、あと少しの辛抱だ、と言い聞かせる。

みかん畑を背にしたお墓に辿りつくころには汗だくだった。墓石を洗い、干からびて錆色になった仏花を抜いて腐ったどす黒い水を捨て、豪華なのを活けようとすると、長くて入らない。鋏《はさみ》もなく、薫が力任せに茎をねじ切った。これでちゃんと収まる。

雪子さんが喫茶店のマッチで線香に火をつけ、手を合わせる。立ちあがると、だまったまま微笑み、薫は入れ代わりで花のまえにしゃがむ。息子と、いまはもうつぶれた阿佐ヶ谷の映画館に勤めていたという雪子さんの夫が、きちんと成仏しているように祈った。

寺へ引き返すころには正午になり、雪子さんが公衆電話から月光荘の二〇一にかける。朝のうちに成田に着いた小野田さんは元気に部屋に戻っていた。

「今夜、お寿司か鰻《うなぎ》、どちらの気分？……じゃあ、また夕方にね」

お寿司、ということで、薫との昼は、鰻に決まった。タクシーを呼び、湯河原から三十分ほどかかる小田原へ向かう。山道を上り下りし、右の窓に海が広がった。水平線の彼方からいわし雲の大群が押し寄せつつあった。運転席の向こうのメーターがあがってゆくさまを眼にすると、タクシーは湯河原駅までにして電車で行くことにすれば、ずっと安くすんだのに、と思いついた。ここで節約できたお金が自分に入ったのならなにを買えただろうとまで具体的に数えあげたくなって、止める。

人けのない商店街にある小さな鰻屋に入った。個室へ通され、向かいあって座った。

「おなかすいたでしょう。鰻は三人まえ、頼みましょうね」

「また残すことになるのは……」

「このまえと違ってわたしもぺこぺこだから、平気よ」

松のコースを二人まえと、鰻重はもう一人まえ、特別に注文した。案の定、最初のほうに出てくる刺身や凝った前菜だけで、限界を訴える。茶碗蒸しも、ごはんと味噌汁をつけたらそれだけで立派な定食になりそうな量の天ぷらも、いっさい手をつけないまま、薫の手もとへ寄せる。肝心の鰻重と肝吸いが運ばれてくるころには、すでに、シャツの裾で隠れたジーンズのボタンを外していた。それでも苦しい。

「美味しい？」

小首を傾げられ、笑い返そうとして頬がこわばった。自分のにつづき、彼女のぶんを半分ほどまで食べ進めたころには、上等なはずの鰻を、しつこいたれと山椒で味つけされたゴムみたいに感じていた。

「はい」

いい加減、重箱の底まで行き当たるころだろうと期待し箸のさきで探ると、そこにはまだ焦げ目のついた脂の固まってきた鰻が埋もれ、その下には、たれの染みたごはん粒が敷き詰められている。勿体《もったい》なくて投げ出すわけにはいかない。

「わたしがあなたと同じ齢のころは、東京はなにも食べるものがなくなって飢えた経験があるから。つい、あなたにも小野田さんにも、栄養失調だった自分や、ほんとに不憫《ふびん》なことに飢えて亡くなった同世代の人たちの代わりとして、たらふく食べてもらいたくなるの。……飢え、というのは、それはそれはつらいから」

そんな事情も初めて告げられ、骨と皮だけのようになった若いころの彼女を思うと、いやいやながら気持ちを汲みたくなり、プレッシャーがかかる。自分のお人好しさも憎んだ。ひと息で平らげ、胃が押し返すのを、ぬるくなった肝吸いで流し込んだ。

「ごちそうさまでした」

「次のが来たわよ」

「それは折り詰めにしてもらいましょう、小野田さん用に」

「ああ、その手があるわね」

駅に着くと、雪子さんは、みやげもの屋で蒲鉾《かまぼこ》と干物を買った。

「帰りは小田急線で新宿まで出ましょう」

「ぼくは、途中の下北沢で降ります。古着屋とレコード屋を廻りたいんです」

「そんなの、高円寺にもそこらじゅうにあるのに」

「でも、たまには下北で」

切符代を出してくれた。海のにおいのする袋を提げ、雪子さんのあとから改札を抜ける。

ならんで座ったとたん、眠気におそわれた。気がつくと雪子さんの肩に寄りかかっていて、彼女も眼を瞑り、淡い紫のアイシャドウで彩ったまぶたにこまかいしわを刻み、こちらに頭を凭《もた》せかけている。最後のやさしさのつもりで、起こさなかった。もう海は遠く、山あいの温泉地へやって来ている。リュックサックを背負った年配の人たちがホームを行き交い、湯煙の立ちのぼる空は灰色にくもっている。

田んぼが広がった。ひと駅ごとに家々が増え、乗り込んでくるのも若者が多くなり、都心が近づく。

「じゃあ、……ぼくは行くので。網棚の荷物、忘れないで」

「あ、もう、取ってくださる？」

立ちあがって下ろし、横に置いてやる。下北沢、とアナウンスされると、雪子さんはバッグからぽち袋を出した。

「これ、お買い物に使って」

「ありがとうございます」

「今日は、六時ごろには戻るわよね？」

「いいえ、じつは、友だちと会う約束をしてて。夜はそっちと食べようかと」

「……お寿司なのに？」

「小野田さんが帰国次第、手紙のやりとりに戻す、と約束しましたよね？　もう、つきあってられないです。頼んでもないのに洗濯機カバーを換えたり、掃除とか、今後は一切止めてください」

雪子さんは疲れのあらわなよどんだ眼を、てんで文句が通じていなさそうにしばたたかせた。演技に感じさせない。

「洗濯機……、掃除？　なんのことなの」

「わかっているくせに」

口の端がほころび、いたずらっぽく微笑まれた。

「もし、知らないうちにお部屋が片づいていたのだとしたら、執筆を助けたい妖精のしわざではないかしら」

ふざけている。いよいよ、電車がホームへすべりこんだ。

「次に侵入されたあとがわかったら、即座に引っ越します」

すごむつもりで声を低めてみせた。あきれたような笑みをきゅっと向けられる。

「引っ越しっていうのは、親がかりのあなたが思っている以上にお金がかかるものなのよ。ご存知ないでしょうに」

精一杯、睨《にら》みつけてから背中を向け、自動ドアがあくなり飛び降りた。もういちどふり返ると、閉まったドアの向こうの、通路を隔てて座った雪子さんは、こちらに、たんぽぽの綿毛を思わせる白い頭を向け、おみやげは大事そうに抱えて窓の後ろの看板を眺めている。周りの乗客はだれも気にせず、喋ったり本を読んだりしている。薫は、せいせいした気分で改札へつづく階段を駆けあがった。なまあたたかい風を起こし、電車が新宿方面へ走り去る。

南口の公衆電話から、歩いて二十分ほどのアパートに住む拓二に電話をかけた。留守ではないようで、つながるまでのあいだ、突然、ほんのちょっと誰かに会いたくなるのさ、と小沢健二の歌を口ずさみたくなる。

「あのさ、いま、ひさしぶりに下北に来てて」

「ごめん、取り込み中」

無造作に切られた。ずっと彼女がいなかったのに、この休みのあいだについに出来たのかもしれない。

古着屋とレコード屋を廻っているうちに、再び、おなかはすいていった。半地下にある昼間でも夜のように暗い喫茶店で、ミックスベジタブルを添えられた五百円のチキンソテー定食を食べ、丼の頭線で吉祥寺に出ると、特別に自分を祝いたい気分でパルコに寄った。ぽち袋の四万円を使い、イギリス製の革靴を買って高円寺へ帰った。

月光荘の一階はまだ雨戸をあけていた。虫たちの歌う庭に、カーテンから灯りが射し、女ふたりの笑い声がもれている。すべて、終わったことだ。部屋へあがると、ドアノブに英語ではない文字を書かれたビニール袋が吊り下がっていた。

〈バリみやげです。湯佐くんの話のおかげで、リゾートを楽しむだけじゃない充実した旅になりました。小野田〉

メッセージカードと、ガムランのカセットテープが五本、絵葉書のセットが入っていた。カセットはそんなに沢山、いらなかった。

＊

夏休みが明け、初めての共通の講義でやっと理江に会えると思ったら、来るのが遅い。他の友だちと喋って待った。チャイムが鳴ったあとに現れた理江は、薫が伸びあがって手を振るとクールに頷き返しただけで、いちばん後ろの席に座った。歩み寄ろうとすると先生も登場し、薫は元の席に座りなおし、まえを向いた。

講義が終わり、ふり返ると、彼女はもう立ちあがっていてだれよりも早くドアからすり抜け、よほど急ぎの用事でもあるらしく廊下を駆けてゆく後ろ姿が眼に入った。呼び止めるひまさえ与えられない。そんなすれちがいが重なった。

雪子さんからの電話、お小遣いはもちろん、手紙も途絶え、十月に入った。大学で友だちと思い通りに合流できなかった日は、ひとりで電車に乗り高円寺に帰り、定食屋で夕飯をすませ、さんざん寄り道し月光荘に着く。小野田さんは残業が減ったようだ。夜七時から十時ごろまでは、しょっちゅう、ふたりの笑い声が門の辺りまで届いている。

階段をのぼり、まっ暗い部屋の鍵をあけ、灯りを点ける。またあちこちに綿埃が転がりだした、散らかったようすが視界を占め、一瞬、三人でサロンや美術館で過ごしたひとときがなつかしくなって、慌てて、自分は我慢してうわべだけで笑っていたのだと思いなおす。ひと夏をどぶに捨てた。性急に取り返そうと、机のなかに溜まっていたぽち袋を遊びに費やすようになった。

ある夜、北口にあるライヴハウスで目当ての公演が終わったあと、カウンター席に座りカシスソーダを飲んでいると、白黒ボーダーのTシャツを着た女の子が話しかけてきた。

「あの、……終電って、もう、ないですよね」

「うちは歩いて帰れるから」

「ひと晩、泊めてもらえませんか」

二時すぎに店を出て、埼玉の看護学校で学んでいるというひとつ下の彼女と、好きな音楽や映画について話しあい、どちらからともなく寄り添いあって歩いた。小野田さんには伏せた邦楽のお気に入りバンドの話もする。薫はフィッシュマンズ、彼女はネロリーズをすすめあった。

働き始めたら忙しくなるからいまのうちに存分に遊びたいのだそうだ。ひどく酔っていて、ときどき脈絡なく大声で笑い出しては道ばたにしゃがみ、一回、吐いた。買ってきてあげた水を飲ませる。月光荘のある住宅街にさしかかると、腕を引き寄せ注意した。

「ここからさきは、しずかにして」

「わかった」

角を曲がると、あの夜も、どこの家も暗かった。女の子は約束を破り、またおなかを押さえ笑い出し、近くの塀にもたれる。薫は、ずるりと落ちようとする身体を支え、だまらせようとして、思わず、半びらきになってふるえているくちびるを自分のくちびるでふさいだ。待っていたみたいに、腋の下から柑橘系の香水の匂う細い両腕が首に巻きつき、おおいかぶさるようにひざまずいて、夜露で湿ったアスファルトに座り込んで抱きあった。

灯りのつく気配がして、顔を離す。女の子の髪の毛越しに、五メートルもない行き止まりにある月光荘の一階の、歩道に面した窓が黄色く光っていた。この時間はいつも消えているドアのうえのランプも明るくなり、鍵のあく音まで伝わり、初めて眼にする白っぽいネグリジェにぶかぶかしたらくだ色のガウンをまとった雪子さんが現れた。

最悪だ。花柄のナイトキャップを被っていて、おもむろに庭を見回してから、こちらを向く。

「湯佐さん?」

血の気の薄いくちびるがそう呼びかけるように動いて見えた。

「……だれ?」

女の子もふり返って雪子さんに気づき、さきに立ちあがった薫を見あげ、訊いてくる。

「大家さん」

「まずいね」

一気に酔いが醒めたようにつぶやき、自力で起きてミニスカートについた砂を払い、薫の後ろに引っ込んだ。

門の向こうにゆらりと立つ肌の蒼ざめた彼女を、息を止め見つめた。二階には千紘も何度も泊めたし、怒っているようすはない。ここは、恋愛禁止の寮じゃない。ガウンをかきあわせ、眼を細め微笑むと、そのままドアの内側へ引っ込み、閉まる音がした。灯りも元通りに消える。

薫の帰りが遅いのが心配で眠らずにいたのだろうか。無事をひとめ確認しただけで満足したように思え、まるで不純異性交遊ではないかと皮肉られるより、大らかに許すまなざしを向けられるほうが、へなへなと萎えた。

けっきょく、女の子とはなにもなかった。ベッドは彼女だけに貸し、薫は畳に客用の布団を敷いて休み、向こうは中央線の始発が動き出すころに出て行った。連絡さきも交換せず、それきり、二度と会うことはなかった。

ひまを持て余し、アルバイトを始めようと思い立った。応募しても面接で落ち続けた。汗水垂らし働くのは莫迦《ばか》らしいとしか考えられなくなった精気のなさを、態度から見抜かれるのだろう。夏じゅう、食費が削れたおかげで、仕送りが振り込まれる口座のほうの預金も余裕があった。
どこにも採用されなくても、困ることはひとつもなかった。
理江につづき、拓二と連絡がつながりにくくなったのも引っかかっていた。しばらく経ち、本人ではなく共通の友だちから、あのふたりはつきあい始めたのだと教えられた。
劇団にいたころ、公演を観に来た理江を拓二に紹介したのは自分だ。拓二は理江につい
て、お酒と鼻っ柱の強さに、引く、と言い、理江は演出家志望の彼のことは、垢抜けない
し近寄りがたい、としか話していなかった。揃って、薫には直接告げづらく、学内で鉢合
わせるのを避けていたらしい。
「拓ちゃんは実家が熊本でしょ。住み込み先に遊びに行ったのがきっかけだったんだって」
どうして自分も、この夏は、理江に呼ばれなくても宮崎まで青春18きっぷで押しかけなかったのかと悔やんだ。あちらは、薫も理江を気にしているのに勘づいていて、出し抜くタイミングを賢く狙っていたように思える。自分は鈍くて甘くて、完敗だ。
理江が拓二を、よれたシャツの裾をいつもかっちりズボンの中にいれて、小汚いズッ

くっぽい靴を履いて、などとののしっていたのは、薫のまえだけの照れ隠しだったのかもしれず、自分はそれも見抜けなかったうえに、気があるとしたら確実にこちらだろうと根拠のない自信にすがっていたことも、情けなくて仕方なくなった。それらすべての心の動きが、じつは、彼らにはお見通しではないかとも思え、下北の風呂なしアパートでいちゃつきながら笑いの種にされているようすが、たえまなく脳裏に浮き沈みする。

考えすぎだろう、とは繰り返し自分に言い聞かせた。打ちひしがれているほうが楽で、大学へ行かなくなった。必修の講義もすっぽかす。部屋の外へ出る気力さえ失せ、三日か四日かけて、常備していたカップ麺やお菓子を食べ尽した。

〈大家さんにもお裾分けしなさいね〉

母の手紙とともに実家から送られてきたりんごは、段ボール箱に入ったまま玄関さきに放置した。どれだけおなかがすいても自分で剝こうとは思えない。一日じゅう、布団にくるまり、夜が来るのを待った。

雪子さんは早起きだ。薫のベッドの下辺りに仏壇があるらしく、毎朝六時ごろに、チーン、と鉦《かね》を鳴らす音が聞き取れる。庭の植物に水を撒《ま》く音や、木の枝に刺した果物に群がる小鳥たちのさえずり、掃除機、ときには鼻唄、サロンでつけっ放しにしているテレビの音もわかる。

午後四時ごろになると、白い天井も壁も、窓から射す光で淡い金色に染まる。次に眼をあけると、薄桃からオレンジ、あざやかな朱に変わり、机やテレビ、畳に積んだ本の山の影が濃灰色に引き伸ばされ映っている。バイクの音は、きっと、夕刊の配達だ。

深い青い闇の底へ突き落とされるまで、そこからはあっというまだ。自分も闇に溶け、物体と化した錯覚に陥る。平日なら、七時ごろには小野田さんが会社から戻り、いったん部屋へ入るもののすぐさまサロンへ降りる。時折り伝わる彼女たちの笑い声に、いままでは感じなかった心地よさをおぼえる。まるで子守唄。太陽が出ているあいだはだれにも叱られなくても胸にとぐろを巻いている、時間を無駄にしている焦りは、ようやくほどけ、安心して眠れる。

雪子さんが階段をのぼってきた。ステップを踏むような足取りのかろやかさでわかる。かさりと音がして立ち去った。さらにひと眠りし、起きあがって台所へ入ると、ドアのすきまから差し込まれた便箋がスニーカーにかぶさっていた。

〈病気で寝込んでいらっしゃいますか？　さしでがましいと思われるでしょうが、心配でなりません。

もしも、お粥か、牛乳おじや（とり肉、サツマイモ入り）などご希望であれば、この手紙を窓から下へ落としてくださいますか。川島〉

迷いながらおじやに丸をつける。便箋を封筒に入れると、重り代わりに消しゴムも入れた。糊付けし、窓をあけて、縁台めがけて放る。少しそれて庭に落ち、十五分ほどすると、また足音がしてこんどはノックされた。

「こんばんは。さっそく、お持ちしてよろしいのかしら？」

「はい、でも、……すみません、ドアのまえに置いてくれますか」

「承知しました」

夫が満州にいたころ亡命ロシア人に教わったというおじやは、翌朝も運ばれてきた。昼にはもっと食べ応えのあるものが欲しくなり、鍋焼きうどんを頼んで平らげ、不本意でしかないけれど、いまの自分の居場所はサロンしかないように思えてくる。恥をかなぐり捨て、雪子さんに、初めてこちらから手紙を出した。

〈夏に書いた小説は駄作だったので、二作めに取りかかり、年末が締め切りの新人賞に送ろうと決意しました。お墓参りの帰りに失礼なことを言ったのは反省しています。冬休みまで、必修の講義のある曜日の朝兼昼は学食ですませるつもりですが、それ以外の食事の

支度をお願いできますか。湯佐〉

その日の夜には返事が投げ込まれていた。

〈全て、水に流しましょう。川島〉

月曜日の夕方、薫は大学から帰ると、ひと月ぶりにサロンへ顔を出した。三人でテーブルを囲んでいると、雪子さんが、気品のある微笑を崩さないで訊いてきた。

「このあいだお連れしていたお嬢さんは、元気?」

おつゆの椀を落としそうになった。

「いや、それは」

「お嬢さんって、だれですか?」

小野田さんがふたりを交互に見て尋ねる。すかさずさきに答えられた。

「夜中の三時ごろだったかしらね。不審な物音がして外へ出たら、湯佐さんが、ふにゃふにゃに酔っ払った可愛らしい方を、そこの角で介抱していて」

「新しい彼女? 湯佐くんは、もてそうだもんね」

「あの、……もう、別れました」

「あら、それは残念。いずれ、サロンにも誘ってほしいと思ってましたのに」

さすがに癇《かん》に障る。箸を叩きつけるように置いた。雪子さんは、怯《ひる》まないで追い討ちをかける。

「じゃあ、いままた、恋人はいらっしゃらないのね？」

睨みつけそうになってうつむくと、やっと、恐縮したように肩を竦《すく》めた。小野田さんは、だまって横でなにか頬張り、こちらを注意深く窺《うかが》っている。

「いまのは、踏み込みすぎね。あのね、今日からは……、あなたにも、サロンを住人だれでもリラックスしやすくするためのアイデアがあれば、なんでも言ってほしいんです」

「はあ」

「明日から、息子の寝室は、地方からお客さまが来たときに泊まれるよう、アイルランドのB&Bを参考に改装する予定なの」

「B&B？　使わなくなった子供部屋がホテルになってるんでしたっけ」

「そう。来月、小野田さんのお母さまが杉良太郎さんのリサイタルを観に上京するとき、お泊めするの。その日は親子でいっしょに下に泊まるのよ。わたしと共用になるけど、シャワーだけじゃなく湯船もあるし」

彼女のほうを向くと、頬を仄《ほの》かに赤くして言った。

「わたしが、往復の新幹線代もチケット代も出してあげるの。父はともかく、母には、育ててくれたことを感謝してるから……。初めての親孝行」

薫にはまだ、到底、考えられないことだ。

「いいアイデアなんじゃないですか。そのうち、ほんとうにB&Bにするのも面白そうですね。外国人のバックパッカーを泊めたり」

実現するとしてもだいぶさきになるだろう。浮かんでくるままに喜ばれそうなことを話しながら、薫は、この空間に深入りするのはやはり無理だとしか思えなかった。ふたりがかりで好奇心たっぷりに見つめられ、お尻がちくちくする。あくまでも、都合のいいところだけを利用していたい。

＊

十一月の三連休に入り、一日めの昼、電話が鳴り出した。

「はい?」

「小野田だけど、雪子さんの代わりに電話を。降りてくる?」

出前を選び、ノックされドアをあけると、ネルシャツのようなチェック柄の布地のワンピースを着た彼女が立っている。盆にハヤシライスとサラダが載っていた。

「夜は？　たまにはいっしょに。それとも、友だちとの予定が入ってたりする？」

明日もあさっても、スケジュール帳は白紙だ。自分が理江を好きだったことはみんなにみえみえでばれていたようで、だれと喋っていても心の底では気の毒がられていそうなのに耐えられず、むしょうに居たたまれなくなる。

単位を落とさないため大学には行くようになったものの、ほとぼりがさめるまで、輪から外れていたかった。

「いや、休み中は、高円寺で執筆に専念しようかと。七時に行くよ」

カフェの帰り、寄り道が長引き遅刻した。昼間と同じ服装の小野田さんが現れた。化粧はもちろんせず、髪はもっとぼさっとしたリラックスしたようすに、いつからか、てんで意識されなくなった、と感じる。そのほうがありがたい。玄関へあがっても、香水は匂わなかった。

「雪子さんは？」

気配がなくて訊くと、小野田さんの腕がドアへ伸び、鍵をかけてチェーンも下ろす。

「二泊三日、紅葉を観に京都旅行」

「……聞いてないけど」

「生まれて初めてのひとり旅なの。亡くなったご主人と新婚旅行した場所なんだって」

「急に、なんで？」

ふたりきりになるのは夏以来だ。上手く間が持つだろうかと不安をおぼえていると、彼女は冷蔵庫をあけ、白身の刺身をならべた皿を出した。半なまで、上にパセリが散らされたカルパッチョだ。硝子《ガラス》の鉢からあふれそうなサラダには、雪子さんの料理では見たことのない生ハムや黒オリーブの実がふんだんにあしらわれている。

「あの人、ここではいつも、ひとり暮らしとはいっても、わたしたちの食事まで世話してくれるじゃない？　それも楽しんでやってるのはたしかなんだけど、たまには、いっさいの家事から解放されたくなったみたい」

「それは当然だね。今夜のは……、手作り？」

「まあね、自炊でもわりと作るメニュー。わたしは、シャンパンを一杯だけ試そうかな。湯佐くんは？」

「じゃあ、ぼくも」

乾杯すると、口に含んだ途端、つらそうに眉をしかめうつむいて飲み込む。

「大丈夫？」

「やっぱり、無理。先週、雪子さんと観た『ローマの休日』で、オードリー・ヘップバーンが新聞記者の部屋に転がり込んでワインを豪快に飲んで、ばたっとベッドに倒れる場面がとってもチャーミングで、憧れたんだけど。わたしも、努力して飲めるようになりたいな、って」

「体質があるから。しょうがないよ」

「いまの量で、口じゅうの粘膜がいがいがして。喉もいがいがする。生まれ変わってもあんなふうにはなれないな。当たりまえだけどね」

咳をして立ちあがると、ガーリックトーストに、アンチョビ入りのポテトサラダも出してくれた。以前、料理が不得意だと話していたのは謙遜だったのだろう。いつものように麦茶を飲み始める。

九時になると、ホテルにいる雪子さんから電話がかかってきた。小野田さんが応じ、どんなコースを回ったのか丁寧に聞き出したあと、長話に苛立ち空いた食器を片づけ始めた薫に代わった。受話器の向こうから華やいだ声がする。

「もしもし？　ごめんなさいね、なにも告げず出かけてしまって」

「いえ、小野田さんの料理もおいしくて、食べすぎてます」

　メインはローストビーフで、明日は余ったのをサンドイッチにして出前してくれる。

「今日はね、夫と入った、フランソア、という喫茶店にも行ったのよ」

「心細くありませんか」

「一日、タクシーを借り切って、昼も夜も運転手さんと食べたの。まずは、朝九時に清水の舞台のね」

　さっき、小野田さんに教えたのと同じ内容を平気でリピートする。興奮の収まらない口ぶりは、住みなれた場所を遠くはなれた心ぼそさを押し隠す演技をしている気もした。

　そろそろ、部屋でひとりで借りてきた映画を観たくなった。濃密さを売りにしたベッドシーンがあり、小野田さんを誘えるわけがない。アルコールのせいで、いまや、顔じゅうから首裏まで赤くなった彼女は、座椅子を枕に横たわった。眼鏡を外し片肘をつき、とろんとした瞳でこちらを見あげてくる。

「まあ、おみやげ話は帰ってからで。ぼくは執筆に戻ります。おやすみなさい」

　薫は早々と通話を切ると、テーブル越しに小野田さんをのぞきこんだ。

「酔ってる？」

「うん、……あんなちょっとで、ぶざまよね。あと三十分もしたら復活するはず」

「ごちそうさまでした。ぼくが、できる限り、片づけておくよ」

「駄目、湯佐くんは、仕事に専念して。連休中はわたし、ずっと、息子さんの部屋に泊まるし、どうせひまだから。だれの小説にあった台詞だっけ。女中さんかな……、先生のごみ箱を片づけるとき、書き損じの原稿用紙が沢山入ってると嬉しい。少ないと悲しい」

「ぼくはワープロ派だから、失敗したら画面上で消すだけだよ。たいしてごみは出ない」

お手洗いから出ると、小野田さんは寝息を立てている。薫は、何か掛けるものを探しに、改装の終わった息子の部屋へ向かった。鋭い刃物で切りつけられたような傷痕が幾本も走っていた木のドアは、クリーム色に塗り替えられ、あけると、元はどうだったのか知らない天井も同じ色だ。壁紙は若草色の小花柄で、フローリングも剝がして替えたそうで、全体に染みついていただろう煙草のにおいもしなくなった。代わりに、ポプリの小袋があちこちに置かれ、さわやかな香りが漂っている。

ベッドとソファがひとつずつ、小さなテレビ、窓に向かって机がある。羽毛布団を抱えサロンへ引き返し、小野田さんの首もとから足まで覆った。空いた皿は流しへ運び、油汚れを落とし、上へ戻った。

十二時過ぎに一本めの映画を観終わり、二本めに移るまえに外の空気を吸いたくなった。さいきんずっとしずかな二〇二のまえを通り、階段を降りると、一階の部屋の、庭の反対にある物置に面した小窓から灯りがもれ、シャワーとわかる水音が響いている。コンビニで缶チューハイとお菓子を買って帰ると、こんどは、お湯をかき回す音と弾《はず》んだ鼻唄が聞こえた。節回しに憶えがあり、立ちどまった。角の向こうからくしゃみが聞こえ、曲がってこちらへ近づいてくる気配がする。覗き魔とでもかんちがいされそうで、我に返り階段をのぼった。足音は通り過ぎた。

部屋へ入ると、このドアの開閉する気配を悟って浴室の天井を見あげる小野田さんの裸体を空想しかけ、知りたくもなくて断ち切った。二本めのビデオをセットし、ポテトチップスの袋を破りベッドに寝そべり、画面に集中した。


翌日も夕飯はいっしょにすませ、京都から電話が来るまえに退出した。夜中の二時ごろ、漫画を読み耽っていると、電話が鳴り出す。以前は、この時間帯に、ひとり暮らしの千紘や拓二、家族がやっと寝ついて子機を自由に使えるようになった理江からかかってくることがあった。いまは、友だちはだれもかけてこない。まちがいかいたずらか、舌打ちし応じた。

「はい?」

「あ、……小野田だけど。話、大丈夫?」

怯えたように息を飲み訊いてくる。けっして、こちらの仕事を妨げるわけにはいかないと緊張しているのを察し、苦笑いした。

「うん、まあ。なに?」

「さっき、わたし、寝る直前なのに小腹すいちゃって。冷やごはんにキムチとチーズをのせてレンジでチンするの作ったんだけど、意外と美味しいの。よければ、夜食に持ってゆくけど」

お菓子はなくなった。雨が降り始め、コンビニへ出かける気力は起きない。

「じゃあ、お願いしようかな」

了解、とほっとしたらしくつぶやき、通話が切れる。

起きあがって漫画を片づけ、いちおう、仕事していたような気分を出すため、ワープロの電源を入れる。ふたつあるCDラックのうち邦楽だけ入っているほうは、念のため押し入れに片づけ、玄関から台所にかけて、ひときわ眼につく綿埃だけ拾って捨てた。

階段をのぼってきてドアをあけると、小野田さんは洗った髪にタオルを巻き、霜降りのパジャマに、雪子さんのものらしく思える古ぼけたガウンを着ていた。雨は廊下にも降り込み、冬のにおいの空気が流れてきて、部屋から洩れる灯りに照らされたコンクリートは、彼女が突っかけたサンダルの下辺りまで濡れている。

「さむい、さむい」

珍しくおどけて笑いかけてきた。マグカップのわかめスープに、グラタン用の皿に入った、刻んだキムチと溶けたチーズが混ざりあってかかったごはんが湯気を立てる盆を、そっけなく差し出す。

「ありがとう」

「じゃ、わたしはこれで」

足指をすりあわせ会釈し、きびすを返そうとするのを引き留めた。

「よかったら、ちょっと入る?」

激しくなってゆく雨のせいだ。このまま帰すのは、一瞬、かわいそうになった。

「え、……いいの?」

「うん。どうせ今日は終わりだし。鍵、閉めてね」

盆を掲げ、引き戸から和室へ入った。小野田さんはチェーンも掛け、辺りを見回し、つまさき立ちであがりこんでくる。視線が合うと、しゃちほこばって頭を下げてきた。

「お邪魔します。……へぇ、畳なのに、ベッド？」

「うん。座っていいよ」

台所からスプーンを取って戻ると、本棚にならんだ本の背表紙を食い入るように見つめている。トルーマン・カポーティ、ボリス・ヴィアン、夢野久作。なにも言わない。薫は、ベッドの横のちゃぶ台のまえにあぐらをかき、手を合わせ、ごはんから食べ始めた。しょうゆも少したらしてあり、あたたまって、癖になる取り合わせだった。

小野田さんは、本棚の次は洋楽のみのCDラックのまえにしゃがむ。背伸びして探究していたカーティス・メイフィールドやスライ&ザ・ファミリー・ストーン、ミニー・リパートンといった黒人音楽が多くならんでいた。

「一枚も知らないなあ。でも、どれも恰好よさそう」

ほんとうか嘘か感嘆し立ちあがる。ベッドの掛け布団をめくって座り、見おろしてきた。

「あの、……さっき、下にいたときは話しそびれちゃったんだけど。湯佐くんは、雪子さんに、将来、養子にならないか、って持ちかけられたことはある?」

「ぼくはないよ。とんでもないなあ」

思いがけなくて、塩辛いスープを吹き出しそうになる。

「雪子さんは、あなたのことは眼のなかに入れても痛くないくらい気に入ってるから。わたしは女だし、じつは、それほどでもないの。たぶん、近いうちに言われるはず」

「いや、そっちこそ、究極の偽孫でしょ。完璧につきあいがよくて。あの人は、ばあちゃんと同じ、戦前生まれだよ? お母さん、だなんて呼べるわけがない」

ごはんを平らげると、小野田さんは膝のうえで頬杖をつき、薫の世間知らずさをつっきたそうにのぞきこんできた。鼻の下の産毛が濃く、うっすらとひげみたいに見える。

「でも、養子縁組すればこの土地を受け継いで、ずっと、高円寺に住めるのに。東京でいちばん好きな町でしょう?」

「まあね」

「わたしは、いいかもしれない、って思ってるよ。田舎には帰りたくないし」

「そりゃ、ぼくも」

「じゃあ、ふたり揃って、あの人の子供にならない？」

告白を通り越しプロポーズめいて聞こえた。身を引き口ごもると、さらに瞳をかがやかせ顔を近づける。

「湯佐くんは、もしも在学中にデビューできなかった場合は、働きながら作家を目指す予定なんだよね？」

「……うん」

「でも、卒業後もここに住みつづけるのであれば、雪子さんのお小遣いとわたしの稼ぎで支えてあげる。わたしは、いまは、日中はクレジットカード会社で働いてるけど、夜は、声だけは美人、ってしょっちゅう褒められるこの声を活かして、テレクラ……、テレフォンセックスとか、そういう時給の高いバイトを増やすし」

「ちっともありがたくないよ。なんでそこまで」

「雪子さんに教わったけど、昭和の文豪なんて、奥さんに水商売させて自分は浮気し放題とか、ざらだったんでしょう？」

「いや、浮気もなにも、ぼくたちは友だちだし」

思いもよらなかった計画をまくしたてられるにつれ、小説など書いていないのになけなしのプライドが踏みつけられてゆくようで、腹立たしくなり、あわれみからここへ招き入れたのを悔やんだ。もっと後ろに尻をずらすと、小野田さんは懸命に片手を振り、言いなおした。

「それは、わかってる。わたしたちは、友だち。友だち同士でも、支えたい、そんな新しい関係があってもいいじゃない？」

「男と女で？」

「そう、それに、いまの時代は……、プロになれたとしても、小説だけ書いて生計を立てるのはむずかしいでしょう？　だから、デビュー後も支える。そして、あの人が亡くなれば、貯金も、永福町のアパートの家賃収入も、血のつながりのない姉と弟の、わたしたちのものになる」

「ぼくは、普通に結婚とかしたいし」

「じゃあ、奥さんもここへ連れてきて、子供も高円寺で育てたらいい。わたしはたぶん、ずっと、ひとりだけど」

「まだ生きてる雪子さんがいなくなったあとの話を、陰でそんなに嬉々《きき》としてするのも感心しないな」

ごちそうさま、も言わないで立ちあがり、盆を台所へ下げた。スポンジに洗剤を含ませると、小野田さんが歩み寄ってくる。

「待って、それはわたしが下でやる」

切羽詰った声がして、後ろから腕が伸びスポンジを取り上げ、流しに落とした。皿も置かせ、泡にまみれた手をシャワーですすぎ、給湯器のスイッチを止める。てきぱきとした仕草に、なすがままになっていた。

「気分を害したのなら、ごめんなさい。嬉々、だなんて……。いまのは、ぜんぶ、雪子さんが自分で笑って話していたことなの。わたしがいなくなったあとは、あなたたちふたりでそうしてくれるのが夢よ、って」

「あのさ」

我に返り困惑し、ふり返ろうとすると、そのまま、小刻みにふるえ背中に身体を預けてきて、腰を抱きしめてくる。向こうのほうが大柄なせいで、薫のつむじの辺りに鼻のあたまを押しつけているようでつぶれた感触が伝わり、甘やかな溜息をつき、もっと密着してきた。

白黒ボーダーの女の子とちがい、この重みとぬくもりは受け入れられなかった。蛍光灯を浴びた、流しの隅の黒ずんだ三角コーナーは空っぽだ。魚の形をした青いスポンジと、泡がみるみる溶ける、チーズとキムチの赤い汁、米粒のこびりついた皿を交互に見つめ、脂汗が滲む。

「あの、……具合でもわるい？　貧血？」

つとめて冷静に尋ねたら、首を横に振る。へそのうえで交差した両手の、右のほうが宙を泳ぐ。部屋着のコーデュロイのズボンのジッパーを下げようとするのを、摑んで止めた。

「湯佐くんは、わたしを……、いっそ、遊びで、というか、身体だけを目当てに、道具っぽく扱ってくれたっていいじゃない」

「道具？」

「望むことは、なんでも、やってあげたいの」

右肩を顎《あご》で押さえ込まれ、ただちに部屋から去ってほしい、としか思えない。硬直していると、こんどは、左肩を挟んでくる。肩こりをほぐすときみたいに回してよけた。負けずに耳もとに歯磨き粉のにおいの息を吹きかけてくる。

「そりゃ、わたしは、あなたにとって、古着屋やレコード屋をいっしょにはしごしたくなるような外見じゃないだろうけど、それは、電気を暗くすれば気にならないじゃない?声と、身体の感触だけになってしまえば……」

ささやきがふるえながら消え入る。雪子さんに、あの子の声は、エリザベス・テイラーの吹き替えだってこなせると思うのだけど、どう、と訊かれ、過大評価に感じつつ、頷いたことがあるのを思い出した。

それが、褒めたことにされて伝わったのだろうか。

「せっかく、近くに住んでるんだし。執筆に詰まったりして、ストレス解消が必要なときは、いつでも、電話するかノックしてくれたら。ならんで歩くのがいやなら、デートは要らない」

片手が這いのぼってきて、ほのかにキムチのにんにくのにおいの残った指さきで首すじを撫でられ、毛羽立ったガウンの袖口を引っ張って下ろさせる。

「暗闇なら、女の子ならだれでもいい、ってわけじゃない。小野田さんも、男ならだれでもいい、ってことはあるわけないだろ。それと同じだよ」

「じゃあ、わたしからいくらかお礼を払ってもいいから」

「お願いだから、放っておいてくれないかな」

くっつきあっているのが限界で、腕をほどき正面から向かいあった。肩さきを軽く押すと、夢遊病から醒めたようにまばたきし、流しの向かいの壁ぎわまで後じさる。髪の毛を包むタオルを直し、見つめ返してきた。

「……払っても、駄目？」

薫は、だまって頷き、和室へ戻った。時計をたしかめると三時だ。屋根を打ち、樋《とい》から流れ落ちる雨の音はすっかりしょぼついてきている。ワープロの電源を切ると、鞄に財布と読み途中の文庫本を入れ、ジャンパーを着た。鍵をポケットに押し込める。ふちの赤らんだ眼をしてガウンをかきあわせ、くちびるを小さく開閉し、冷蔵庫のまえに置き物みたいに突っ立った彼女を睨み、玄関の健康サンダルを指さした。

「ちょっと、コンビニ行くから。さきに出て」

「湯佐くんは、きのう、眠りこけたわたしに布団をかけてくれたの、紳士だなあって思った。……おやすみ」

小野田さんはおじぎし慌しく出てゆき、薫は、一階のドアが開閉してからあとにつづいた。風邪を引かないよう、当然のことをしたまでだ。ビニール傘をさし、まだまっ暗い道を歩き出す。コンビニのまえは素通りし、信号を渡り、少年たちがスケボーの練習に熱中するアーケードつきの商店街から、高架下を抜けた。後ろをふり返っても、尾行してくるようすはない。

初めて入るバーに飛び込んだ。髪が長かったり、鳥の巣めいたりしたミュージシャン風の常連たちがだまって会釈してきて、カウンター席の奥へ通された。レゲエを聴き、カシスソーダをすすり、さっき運んでくれた夜食を作る小野田さんの姿を思い描いた。鼻唄まじりにキムチを刻み、まな板に血の色の汁が流れる。いまごろ、息子の部屋のベッドにうつ伏せ、枕カバーに涙をこぼしたりしているのだろうか。ひたすらに布団にもぐりこんでいたころの自分のようすが重なった。

雪子さんが手厚く介抱してくれるのに決まっている。

五時になり、店は閉まった。あてどなく千葉行きの総武線に乗った。今晩も留守の、初めからサロンに招かれなかった二〇二の借主が羨ましい。ひとつ屋根の下でなにが起きても、彼は部外者のままだ。

うたた寝をして眼ざめると、車輪の軋みが大きくなり、耳慣れない駅名を告げるアナウンスが聞こえる。顔をあげると、通路を挟んだ向かい側で舟を漕ぐ、ペンキで汚れたズボンを穿《は》いた角刈りの男の背後に、まだ薄暗い空がひらけた。薫を乗せた電車は、窓いっぱいを横切る、灰色がかった深緑のような紫のような川にかかる、褪《あ》せた水色をした鉄橋を走っているところだ。土手のうえには、ずっとさきまで、街灯がまだぽつぽつと点《とも》り、走り去る車のライトとともに影が水面に伸びて映り、交錯し滲んでいる。

ふり返ると、もう渡りきっていて、橋の下に寄り集まったホームレスの人たちのテントや段ボール製の家を見おろせ、また向きなおると、垂れ込めた雲はあちこちが切れ、はちみつ色から淡い青へ明るんだ空が広がりだしている。

江戸川だった。

都心から離れ、いっそ、この辺りで川を眺め暮らしてもよさそうな気がしてきた。

線路越しに住宅街が見えてくると、傘はささずに行き来する人影が眼についた。肉体労働者っぽい男たちや化粧のよれた水商売帰りの女たち、夜遊び帰りの若者たちが寝たり立ったりしている車内に、まばたきするごとに、眩《まぶ》しさを増した光が入り込む。

教務課で、アパートを探す地方出身者たちの行列に加わったとき、あと一分でも、ならぶのが早いか遅ければ、月光荘には別の学生が入っていたかもしれない。五十年まえの空襲で、雪子さんが焼け死なないで助かり、あそこの大家になったのも、竣介が子供のころに罹《かか》った病気がきっかけで、靉光のようには出征しないですんだのも、絵の虫みたいだったという彊光が、中国の野戦病院でひどい栄養失調で犬死にさせられたのも、自分がいま、けさのこの電車で見知らぬ彼らと乗り合わせているのも、すべてが同じくらい、不思議なことだと思った。

自分は、運よく恵まれた時代に生まれたようだけれど、これからさき、いつかどこかで飢えて死ぬようなことがないとは限らない。

終点まで行って引き返し、江戸川に近い市川駅で降りると、七時になった。小野田さんは眠っているだろうか。生きていさえすればいい。改札を出て、公衆電話から雪子さんの番号にかけると、すぐさま、くぐもった声が返ってくる。

「はい？　川島です」

「湯佐だけど」

「ああ、……おはよう。どうかした？」

夜更けのやりとりはなかったことのように、可笑しげな笑い交じりで訊き返された。

「いま、上？」

しらじらしい。彼女も一睡もしておらず、こちらが戻ってくるようすがないのを気にかけていたのではないだろうか。

「いや、……あのまま、遠くへ来たから。今日は、昼も夜も外で食べるよ。とりあえず、今月は出前だけで、サロンには行かない」

「了解。わたしこそ、あの、いろいろ誤解していたのをあやまりたい、というか」

「誤解？」

「いま、なんて？」

頭上のホームから上りの快速電車が出発し、下りの快速もすべりこんで轟音が交わる。

「ひさしぶりにふたりきりになって、もしかして、ああ言われるのを待ってるのかな、って焦っちゃったの」

「いや、……ごめん、というか」

「ううん、いけないのはこっち。変なショックを与えて……。忘れてください。わたしも、さすがに当分は湯佐くんと居合わせるのは気が進まないから、来ないでもらえるとありがたいかな。雪子さんはがっかりするだろうけど」

「いずれは、水に流せたら」

「まだわからない。……じゃあね。執筆、応援してる」

引き波のように声が低まっていって笑い、さきに通話が切れた。

薫は、牛丼屋で朝ごはんを食べたあと、まだ閉じたままの駅まえの不動産屋の貼り紙をたしかめて廻った。高円寺に帰りたくない。大学の友だちでこの方面に住んでいる人はひとりもおらず、それもいまは、引っ越すのに都合がよかった。

＊

毎週、月火水金、夜九時になると、出前を食べ終わったあとの器を洗い、ピーコートを着てマフラーを巻く。忍び足で外へ出ると、ランプの点った一階のドアの下に、そっとしゃがんで盆を置いた。耳を澄ませると、サロンのほうから、テレビの音声と、内容まではわからない、ふたりの女のひそひそしたやりとりが聞き取れる。毎日だ。

以前は、平日に徹夜したときやひと晩眠れずに過ごしたとき、かならず、小野田さんが朝の八時ごろに出勤するために階段を降りてゆくのがわかった。廊下のコンクリートを微かにふるわせ伝わる、どたついて去る靴音を、もう、ずっと、耳にしていない気がして、日がな一日、あそこに入り浸っているらしく思える。

雪子さんは、こちらにはなにも訊かない。相変わらず、地道に小説を書いているものだと信じているようで、お待たせしました、と優雅に料理を運んできて、薫は、ドアのすきまから、眼を合わさないように受け取る。お皿の下にぽち袋が挟んであったときは、あとで、定まった文面のお礼状を出す。それだけだ。

〈ごちそうさまでした、満腹になりました。明日は、昼は学食ですませるので、夜の出前だけでいいです。カキフライが食べたい気がします。

ひとつ、質問なんですが、小野田さんは会社を辞めたのですか？　だとすると、ぼくのせいでしょうか。湯佐〉

今夜は、そう記したメモを郵便受けに投函し、自転車で環七沿いのファミレスへバイトに向かった。三連休のあと、月光荘にどうにもいづらくなったのがきっかけで応募した。こんどは必死さが出ていたのか、即、受かった。週に四日、遅番のウエーターとして駆けずり回る。忙しいほどに、頭を空っぽにしていられる。

三時ごろに月光荘へ戻り、郵便受けをたしかめた。もう返事が届いている。階段をのぼったら、二〇三の真下に当たる息子の部屋の窓から、カーテン越しに淡いオレンジの灯りがこぼれていた。小野田さんだ。靴をぬぐよりさきに読んだ。

〈全部、わたしのせいです。妖精だけではなく、キューピッドにもなり損ねてしまった……。サロンなどひらくのではなかったと思えるほどに打ちのめされております。

再来週の土日、気分転換のため、ふたりで一泊二日、鬼怒川《きぬがわ》温泉へ行ってきます。日曜の午前中にお米やみかんの宅配便が届くかもしれず、湯佐さんには、滞《とどこお》りなく受け取るために、できれば泊まりがけで留守番をお願いしたいのですが、いかがでしょう。食事の用意もしておきます。川島〉

いまや、ひとりでもサロンへ出入りするのは抵抗があり、引き受けるかどうか迷った。雪子さんは出前を届けるときはこの件には自分からはひとことも触れず、盆を渡すなり、だまって帰ってゆく。根気づよく返事を待っているのが伝わった。

十二月に入った。ふたりが鬼怒川へ旅立つ直前、学食で空席を探していると、理江がひとりで、先端の巻きあがった睫毛を物憂げに伏せ、箸を動かしていた。つややかな黒いショートカットで、首の長さを引き立たせるタートルネックセーターも黒だ。

勇気を奮い、歩み寄った。視線が合うと、さすがに逃れられなくて肩を竦め受け入れてくれる。

「向かい、いい?」

「どうぞ」

口もとをナプキンで拭い、小声で訊いてくる。

「八月に送った手紙って、読んだよね？」

「手紙？」

夏のあいだ、チラシ以外に郵便受けに入っていたのは、光熱費の払い込み用紙と中高の同窓会のお知らせだけだ。

「来てないけど」

「読んでない？　まあ、いいんだけど。じゃあね」

時計を見やり腰を浮かせ、トレイを持ちあげようとする手首を摑んだ。

「いや、それ、うちに届いてないんだ。郵便局のミスかな？」

「でも、あの、ほんとにたいした内容じゃないから」

「たいしたことなくても、教えてよ」

「お盆前に出したのかな。電話は、テレフォンカードがあっというまになくなるから……。いっしょに暮らしてたスタッフで、契約期間中に辞めなきゃいけなくなった人がいて、代わりに、湯佐くんが働きに来ないかなって思ったの。午前五時起きで、日が暮れるまで、馬に羊の世話、草刈り、収穫、へとへとになるまで共同作業するんだけどさ。それだけ」

「それだけ？」

もっと別の言葉はなかったのだろうか。周りの景色が霞《かす》み、雑踏が聞こえなくなった。溜息をつき、薄墨色で細く細く描いた眉をひそめる彼女を、瞳から水分が失われそうに力を込め見つめていると、手を振り払われる。

「湯佐くんは、夜型だもんね。きっと、わざわざ来てもらっても、音を上げただろうな」

「いや、ぼくはいざとなったら、朝型にも変えられるよ？」

「ごめん、図書館にも寄りたいの。クリスマスに拓ちゃんのアパートで、共通の友だちをよんでパーティーするつもりでいるけど、よかったら来る？　二十四じゃなくて二十五」

こちらの輪へ戻るいいきっかけになるかもしれないと閃き、返事が口を突いた。

「じゃあ、空けておく」

「来週のゼミ、発表する番でしょ？　楽しみにしてる」

しなやかに後ろを向き、もういちど、気遣うように微笑みかけてきて、トレイを返しに行った。薫は背中を丸め、冷めてきた定食に箸を伸ばした。手紙が届かなかったのはなぜか、考え始めると、たちまち胃が塞ぐ。

夜になり、雪子さんの出前を食べると、実家に電話した。

「今月、冬休みに入ったら、仙台に帰省するまえに月光荘を引き払いたいんだけど」

「どうして？　下は平和になったんでしょ」

息子が亡くなったことは母にも教えてあった。

「こんどは、となりに新しく来たカップルの男の暴力が最悪なんだ。平日の夜中に、しょっちゅう、女の人が床や壁に蹴りつけられる音がして、窓もいやがらせみたいにがったんばったん開閉して。フィリピン系の女の人も全然負けてなくて、てめぇ死ねとか、怒鳴り散らすんだけどさ」

「それは、……精神衛生によくないわね」

母の声が曇る。あとひと押しだ。

「土日は仲直りするみたいで、昼から夜まであえぎ声が筒抜け。ノイローゼになりそうだよ」

「でも、卒業まであと一年少しじゃないの。大家さんに訴えたら、追い出してくれたりしないのかしら」

「あの人はもう耳が遠くて、言い争いや物音はわからないんじゃないかな。それに、……

なにせ、同じ建物にいるから、注意するのは、仕返しが怖くて無理かも」

「不運ねえ。引っ越し代って、手痛いわよ。まあ、お父さんにも相談するけど」

「ぼくの貯金からも出すよ、それくらい、さっさと出たいんだ。とにかく、このままじゃ卒論にも就職活動にも打ち込めないから。援助をよろしく」

打診されて十日も経ってから、ようやく、返事を出した。

〈留守番します。クリームシチューが希望です〉


約束した土曜日、薫は、ビニール手袋とニット帽を忘れずに用意し一階へ降りた。

〈デザートに、頂いたりんごで作ったアップルパイが残っています〉

夕飯のあと、雪子さんの置き手紙に従い、すでに切り分けてラップしてあるのを食べ、電気カーペットに横たわった。天井を仰ぎ、初めてふたりきりになった夜、小野田さんはここで似ても似つかないオードリー・ヘップバーンの話をして、いまの自分と同じ姿勢を取りお酒の弱さを自嘲しつつ、薫にとなりに寄り添うか、いっそ、おおいかぶさってほしいと望んでいたのにちがいないと考えついた。

眼を瞑り、両腕を広げた。シベリアからの低気圧が発達し、明日は北海道が大雪になるとニュースが伝え、縁側へ出る引き戸のうえではエアコンが唸っている。新聞記者役は誰だったか、あらすじは知っているけれど、いままで、観たいと思ったことはない。このさき、ますます観たくなくなった。

洗いものをすませると、食器棚に、大小の鍋やフライパンが絶妙のバランスで積まれ、調味料や油が使いやすいよう立ちならんだ流しの下を、ざっと点検した。理江からの手紙は見当たらない。つづいて、どこにも指紋がつかないよう手袋をはめ、いままで、雪子さんがあけるところを肩越しに覗き見たことしかないテレビの下のキャビネットをあける。救急箱を取り出し、中身を探った。

常用する高血圧防止の薬がある。市販の風邪薬に胃薬、塗り薬、絆創膏《ばんそうこう》。元の順番通りにしまい、箱を定位置に戻した。

洗面所の棚もあけてみる。予備の洗剤にトイレットペーパー、シャンプーに石鹼、脱脂綿、ハンドクリーム。とっくに閉経しているはずで、タンポンは小野田さんのものだろう。ここにも手紙はなく、サロンへ戻ると髪の毛が床に落ちないよう、ニット帽を目深に被り廊下へ出る。初めて、雪子さんの部屋のドアノブに手をかけた。一瞬、軋んであく音が玄関のほうまで響いて思え、息が止まる。

絨毯《じゅうたん》はペルシャ風で、ベッドは薄紫のカバーでおおわれた部屋だった。サイドテーブルには、口ひげを生やしたスーツ姿の男と、白いドレスを着て耳もとに白い花を挿した女の白黒写真が飾られている。アップにした髪はまっ黒く、肌はぴんと張り頬はつやつやとしていて、雪子さんと実感するのに数十秒かかった。裸の彼女が白い毛布から肩をのぞかせ、夫の構えるカメラに向かって少し恥ずかしげに、誘うように微笑む写真もある。

思わず手に取り、見つめ返すように見入った。台所で後ろから寄りかかってきたのが彼女なら、たぶん、別の態度を取った。

世界文学全集や画集のならぶ硝子戸つきの本棚もあける。手紙は、本のページに挟まっているかもしれないけれど、さすがに一冊ずつたしかめるのは手間であきらめた。五冊ほどあった、どれも背表紙の取れかかったアルバムは古い順にめくった。黄ばんでぼろぼろの、お河童《かっぱ》髪をして絣柄《かすりがら》の着物を着た、十歳くらいの写真がある。

そこから大人になるまでは空襲で失ったのか、いきなり結婚式へ飛び、新婚旅行から、息子の誕生へ移る。小学生のころの、野球をしたり、海辺で捕まえたなまこを得意げに突き出してみせているようすは、どこにでもいそうにあどけなく、薫の知る息子の面影はひとかけらもない。

大学の入学式を境にカラーに切り替わった。桜の下で赤いスーツを着て眼もとにしわの刻まれた、いまの薫の母と同じ五十前後に見える雪子さんとならぶ息子は、七〇年代の学生らしく長髪で、襟を立てた茶色いスウェードのジャケットに細身のスラックスが似合う。古着屋にありそうなデザイン。その一枚以降はまた飛び飛びで、よその人に貰ったらしい法事や旅行の写真ばかりになる。夫は、息子が大学生のうちに亡くなったと話していたのを思い出した。

いちばん新しいのは、まだ髪が白くなるまえの、女学校、松島、とメモがあるものだ。この夏も愛用していたサマーセーター姿で写っている。

三面鏡の下の抽斗もあけた。アクセサリーの入ったビロード張りの箱、香水、コサージュに髪留め、ハンカチがある。遺書、と書かれた糊付けされていない封筒があり、ふるえる指で中身を抜き取った。

〈わたくし、川島雪子が、予期せぬ事情で亡くなりました場合には、〉

ボールペンで書き殴られた、いつもよりずっといびつに角張った字を辿った。

〈高円寺と永福町、二軒のアパートの家賃は、捨てられた犬猫の保護施設へ、毎月、寄付に回すこと。老朽化のため取り壊しが決まりましたら、地域の方々の憩いの場となる公園を作ってください。かならず植えてほしいのは、猫柳、梅、モクレン、こでまり、あじさい、柚子。

銀行預金は、火葬などにかかる経費を除き、国境なき医師団の口座へ振り込んでくださいますよう、お願い申しあげます。〉

拇印はあるけれど、弁護士の名前も印鑑もなかった。冗談で書いたのを保存していた気がする。

洋服箪笥もあけた。防虫剤の香る、几帳面に畳まれたブラウスやセーター、スカートを一枚ずつ持ちあげる。おへそまで覆うショーツに大きなブラジャー、レースや花飾りのついたスリップ、厚ぼったい木綿の肌着シャツは、揃って、白かベージュかサーモンピンクをしていた。その底に、こんどは、しわくちゃの感熱紙が折りたたまれ入っている。広げると、印刷された文字列に憶えがあった。

〈指さきがクリトリスに触れ、淫靡《いんび》な食虫花めいた陰唇のあいだを探った。せつなげに待ち受けるように濡れているのがわかり、〉

試しに書いた官能小説の一部だ。ごみ袋を点検したのか、掃除に入り込んだときにごみ箱から拾いあげたらしい。こめかみから火が出そうで乱暴に丸めようとして、これを持ち去ったら自分が侵入したことを悟られるのに気づいた。こらえて元通りにしまいなおす。丸まったストッキングと、つつましくつぎ当てされたのが何足もある靴下のあいまにも、手紙はなかった。

最後に押し入れをあけた。仏壇がある。扉をひらいたら、黒いリボンを結んだ、夫は結婚式、息子は高校卒業のころの、それぞれひとりずつ笑った写真がある。もっとも愛していたころだったのだろう。鉦だけ鳴らし、手を合わせた。眼をあけると、夫の位牌の裏に見え隠れする銀色に光る鍵束に眼が留まった。二〇一、二〇二、二〇三とシールが貼られている。

息子の部屋にも探している手紙はない。机のなかには、いつかほんとうに外国人の旅行客を泊められるようになったときのためか、英語版の聖書があった。

小野田さんの部屋でも手紙を探したくなった。合鍵を握り二階へ向かった。

電灯を点けると、空き巣に入られた直後みたいな光景が広がった。

玄関マットに山になった料理雑誌や情報誌、週刊誌が崩れ、その向こうの台所の床にはあらゆる調理器具がぶちまけられている。刃物もあちこちにすっ飛ばされ転がっていて、流しには、お皿に茶碗、コップの破片が積み重なっていた。

留守だと思い込んでいた二〇二から、歌謡番組らしい女のハイトーンヴォイスのクリスマスソングが壁越しにもれてきて、空き巣と化しているのは自分だと我に返る。息を殺し、奥のほうまでくねりながらつづく足の踏み場を進む。

引き戸のまえには、夏服が、手当たり次第に放り投げられ、一張羅《いっちょうら》のはずの灰色のワンピースはびらびらに切り裂かれていて、心臓が痛くなる。

和室は万年床のようだ。掛け布団が這い出したときそのままのかたちでめくれあがって、周りに、ぬいぐるみたちが、うつ伏せたり仰向けになったりしている。一匹ずつ、おなかを裂かれるか手足をもがれ、綿がはみ出ていた。

学習机の抽斗をあけた。ファイルに綴じられた、濡れて乾いた痕《あと》があったり油っぽい染《し》みのついた紙の束は、雪子さんの筆跡による、カルパッチョにポテトサラダ、ローストビーフの詳細なレシピだ。サロンで作り方を伝授する姿が浮かぶ。いままでの彼女からの招待状もいちいち取ってあり、岩手に住む家族や友人からの手紙に葉書、上司や同僚の年賀状、給与明細もあった。めちゃくちゃで、こんどは配置を把握していられなかった。適当に入れなおし、力ずくで閉める。

蹴り飛ばされたごみ箱から、丸めたティッシュと紙屑が転がっていた。淡いピンクの便箋らしきものを踏みつけそうになり、拾いあげてひらいた。

〈お友だちとしてでいいから、ディズニーランドに行きませんか？　入場料はわたし持ちで。社会人だし当然〉

音符のマークを添えて書いたうえから、黒々としたマジックのバツ印で消している。

窓ぎわの電話機の留守録のランプが点滅していて、再生ボタンを押した。

「……四件、入っています……」

ぜんぶ、会社からのものだ。

「小野田さん？　今日も休み？　ちゃんと連絡くれなきゃ」

「総務ですが、本日、退職届を受け取りました。来週、源泉徴収票を送ります」

また留守録に設定し、変わり果てた小熊やパンダ、赤ちゃんアザラシたちを見回し、布団を跨《また》ぎ台所へ戻る。風呂場のドアが少しあいていて、そこも覗いた。床いっぱいに、自分で衝動任せに切ったらしいさまざまな長さの髪の毛が散らばり、刃のひらいた鋏が転がっている。

まっ暗くして廊下へ出て鍵を閉め、階段を駆け降りた。空を見あげると真珠色の月が輝き、斜め下に蒼白い星の瞬《またた》く対比がブローチみたいで、そのまま、ふらつく足取りで北口のバーへカシスソーダを飲みに行った。

今晩もレゲエや古いロックが大音量で流れている。だまって身体を揺らし聴いているうちに、洋服やぬいぐるみに八つ当たりする女の子なんて、つくづく、まともに相手にしないで正解だったと、自分の判断を褒めたくなった。

採用されて二ヵ月も経たないうちにファミレスを辞めることにした申し訳なさから、忙しい二十四と二十五はつづけてシフトを入れてもらい、明け方まで働いた。月光荘を引き払ったのは二十七日だ。

必要な資金は父が全額出してくれた。荷物を運び入れたトラックを見送ったあと、不動産屋に言われた通り、気まずさを飲み込み、雪子さんにじかに鍵を返しに行った。インターホンを押す。

「湯佐ですけど。お世話になりました」

女ふたりが温泉から帰ってからは、薫は、出前を頼むのも止めた。昼も夜も、学食か、高円寺に沢山ある安くて量の多い定食屋、バイトのときはもちろん、従業員割引きですませる。サロンに出入りするようになるまえに近い生活のリズムを取り戻していった。

「まあ、まあ、こちらこそ」

ドアから現れた、まっ白いセーターの胸もとにポインセチアのコサージュをつけた彼女と向かいあうのは、三週間ぶりくらいだ。

「あの、……年末にまにあわせる、とお話ししていた小説は、結局、どうしました？」

おどおどしたようすで息を吸い、淡い緑のアイシャドウで縁取った眼を伏せては、ふいに、すがるように見つめてくる。頬にさした紅が記憶より濃かった。脳裏に、部屋で見つけたものがポラロイドで撮ったようなぼやけた色彩でひとつずつ映し出され、足もとに視線を落とす。

「ずっと、励ましてもらってきたのに、言いにくいですが。もう、書くのは止めます」

とくにおどろかれず、そう、とだけ軽くつぶやかれ、予測がついていたように思えた。それも屈辱に感じる。表情を窺うと、うなだれ、小刻みに頷きかけてきた。

「わたしは、……もう、部屋を借りる方への、親切？　お節介は、金輪際《こんりんざい》、止めることにします」

「金輪際？　なにもそこまで」

「白状しますと、……わたしが死んだとき、まだきれいなうちに下宿人に見つけてもらえたら、という魂胆《こんたん》があったの」

心から反省し吐露するふうに言い、コサージュと似た赤に塗ったくちびるの裏側を噛みしめる。どこまで本気なのやら言葉通りには受け止められなくて、薫は、はあ、とだけあいまいに返した。自分も、ここでは嘘ばかりもっともらしくついてきた。明日からは生まれ変わるつもりで、もうそんなことはないようにしたい。

サロンはテレビがつけっ放しで、ワイドショーをやっている。しずまり返っていたお手洗いのほうから水の流れる音が聞こえ、小野田さんが入っているのを察した。会わないあいだに、過食、あるいは拒食症にでもなっていたらどうしようと、ひそかに心配していた。ジャンクフードを口にしては便器に顔を突っ込み、嘔吐をくり返す姿がぐるぐるし、眠れなくなったこともある。

再び、トイレットペーパーを巻き取る気配もなく水が流れる。こちらへ現れるようすはなく、薫は小声で雪子さんに訊いた。

「……あの人は、元気ですか?」

こんどは朗《ほが》らかに笑い頷いてくる。

「ええ、まえの会社は、苛められたのもあって辞めたのだけど。年明けからは新しい仕事を探すそうよ」

「じゃあ、良かった」

嘘には感じなかった。祈るようにそう思うしかない。薫は腕時計をたしかめると、来年二階へ引っ越してくる人のために、自分にできることをしようと決めて言った。

「あの、下宿人と仲良くしたい、っていうのは理解できるんです。干渉、しすぎなければ……、もっとちゃんと話しあえば、地方から上京して雪子さんの心遣いに助けられる人は、きっと、いるはずです」

「ほんとう?」

「不動産屋の貼り紙に、あらかじめ、月に一回、持ち寄りで宴会をやります、とか、病気で学校や会社を休むときは、お望みならおじやを出前します、って書いておく、っていうのはどうですか?」

「でも、人情を売りにするなんて、いまどき流行りませんのに」

「流行りじゃないから、逆に強みですよ。それか、大家自ら面接して、気の合いそうな芸術家志望を中心に部屋を貸す、っていうのもありだし、あと、お小遣いは、下宿人にあげるより、家もなく困ってる人たちに寄付したほうが役立つんじゃないですかね。ホームレスの人たち用に炊き出しをしてる団体に送るとか」

「この世には、お部屋を借りられない人もいるのですものね。まったく最後の最後まで、湯佐さんはおやさしい……。取り入れてみますわ」

曇り空の下、雪子さんは、コートも羽織らないで門の外まで出てきた。芯まで冷えさせる風が吹きつけ、両腕で自らの上半身を抱きしめる。その向こうの、いまは花のなにも咲いていない庭の木に刺したみかんや地面に撒いた餌に群がっていた小鳥たちがいっせいに飛び立ち、ふたりのあいだを枯れ葉が転がった。

「お別れの日に、貴重なアイデアをありがとうございます。より良い空間にしていきます」

深々とおじぎしてきた。薫は、彼女のずいぶんとつむじの広がった頭を見おろし、どうして、まだここにいたときにさっきのようなことをひとつも言えなかったのだろうと悔やんだ。

「お元気で。いつかまた」

角まで歩いてきてふり返ると、雪子さんは、まだこごえながら門のまえにいて、会釈しあった。次の瞬間、薫は走り出し、豆腐屋や魚屋のある小さな商店街を抜け、五日市街道の信号を渡った。駅に近づくにつれ賑わう坂道に点在する、馴染みの古着屋やカフェの店員たちには、今回、引っ越すことは告げなかった。マッシュルームカットの顔見知りがいて、すれちがいざま、手を振りあう。月光荘へ帰ることはなくなっても、この町には遊びに来るつもりでいた。

千葉行きの黄色い電車に乗り、薫は新しく借りた江戸川沿いのアパートへ向かった。

＊

今日は土曜日で、中央線の快速列車は、引っ越してからは、けっきょく、いちども足を延ばすことのなかった高円寺には停まらない。

〈喜多方へ疎開していたことがあると言って、福島出身の自分に親切にしてくれました。とても悲しいです〉

新宿で山手線から総武線に乗り換え、ほぼ二十年ぶりにあの駅で降りるまぎわ、薫は、そんなふうに追悼している、港区に住む三十代のＩＴ企業社員のツイッターを見つけた。

東京大空襲のあとに移ったのだろうか。玉音放送は都内で聞いたのだろうと思い込んでいた。

喜多方にもいた、とは、じつは、話していたのに、頭から抜け落ちているとも考えられる。たしかめることのできる本人はもうこの世におらず、たしかめても出任せをまことしやかに口にするのかもしれず、どうでもいいことだ。大家として、いちいち、下宿人を惹きつける身の上話を作りあげることに、得体の知れない喜びを感じていたような気もする。

南口を出ると、水の流れる壁のあるロータリーのようすも、国道の右手に建つトリアノンというまっ赤な看板の老舗《しにせ》洋菓子店も、時間が止まって思えた。高架下には、相変わらず、野菜も売る果物店があり、アーケードつきの商店街にさしかかると、髪を立てたバンドマンたちが立ち話をしている。

やたらと広々とした眼鏡店、硝子扉の向こうの空気の蒼ざめた時計店。洋品店、じゃらじゃらとノイズがもれてくるパチンコ店。チョコクロワッサンが名物のカフェやホルモンの店は、薫の住んでいたころはなかった。毎日、通りすぎていたのに、もとは何の店だったか、まるで思い出せない。

商店街の居酒屋が火事になり、死者も出たのは、おととし辺りだったかもっとまえかも、検索しなおさないとはっきりしない。仙台の実家でテレビニュースを観ていて、突然、この辺りが映し出されたのに釘付けになった。

それがどこかも、いまや、派手な焦げ痕もなんの印もなく、わからなかった。

〈モーニング食べたあと、アパートに寄って手だけ合わせました。お兄さんは沖縄で戦死し骨も帰らなかったと聞きました〉

午前十時半になったいま、そう更新したのは、喫茶店のマスターに訃報を知らされた、とつぶやいていた、新宿の雑貨屋で働く女の人だ。プロフィールの写真は咲き乱れたブーゲンビリアで、我那覇《がなは》、という苗字。兄がいた、とも薫は聞いた憶えがない。このさき、月光荘へ向かう途中に彼女とすれちがっても、同じ建物に住んでいたことがあるとは互いに気づくわけがない。

五日市街道を渡ると、足が動いてゆくまま、さいきん出来たばかりに思えるコインパーキングと格安美容室に挟まれた角を曲がり、建て売り住宅の集まった通りに入った。ホームセンターが現れる。これもむかしはなかった。

そろそろ、目当ての住宅街にさしかかるはずだ。それらしい角には行き当たらず、携帯の地図案内に頼るのも悔しく、ペットボトルの水も減ってきて飲むのを我慢した。焼夷弾の雨をくぐり抜けた雪子さんを死に至らしめた熱に近づいてゆく気分に浸り、もう少し直進する。たったひとりで水をほしがりながら息絶えた苦しさを思うと、届かなかった手紙のことも許せそうだ。理江と拓二は十年まえに結婚し、いまや、小一と保育園の子がいる。あの手紙については、だんだん、考えなくなっていった。

ピアノの練習が聞こえてきて、蟬の鳴く並木の向こうに、あちこちのベランダに洗濯物を干された壁の薄汚れた団地が広がる。引き返すと、見落としていた路地があった。月光荘のほうへ抜けられそうな勘が働き、曲がった。こちらには古びた家がひしめいていて、行き止まりだけが、コンクリート打ちっ放しで車庫のある真新しそうな三階建てだ。

自力で探すのはあきらめ、携帯をひらいた。五日市街道まで戻り、もうひとつさきの角からシャッターの閉まった商店街に入る。魚屋と豆腐屋も休みだ。

月光荘は、屋根近くまで、葉の表面がエナメル質のように陽を照り返す深緑のつたや、白っぽいピンクの花を咲かせた昼顔、その他のつる草に壁を覆われていた。つる草は、赤黒く錆びた階段とその手すりにも絡まり、うす暗がりと化した二階の廊下のほうまで這いのぼっていて、庭はセイタカアワダチソウが伸び放題だ。廊下には洗濯機があり、手前の二〇一の窓越しには、歯ブラシを立てたコップや木製のまな板が透けてみえる。

ごみ収集所に、粗大ごみ用のシールを貼った家具があった。郵便受けは、雪子さんの名札の入った一階のものだけ口をテープで留められ開閉できないようになっていて、三つならんだ二階のものは、それぞれチラシが突っ込まれている。名札のない二〇一は、しばらく留守にでもしているのか、あふれそうになっていた。どこかでドアがあく。

「なにか用ですか?」

階段のうえから、タンクトップにパジャマのようなチェック柄の短パン姿の大学生くらいの青年がぎごちなく笑い、話しかけてきた。この二十年で、東京の大学へ通う下宿生が貰う仕送りの平均額は減る一方らしい。日焼けして明るそうな彼も苦労しているのだろうかと思いつつ、薫は正直に答えた。

「ぼくは、むかし、ここに住んでいた者で」

「ああ、大家さんが亡くなったの、ニュースにもなりましたからね。ぼくは里帰り中に、不動産屋さんから電話を貰いました。もう火葬もすんじゃって、遺品の片づけも始まってるそうですけど」

両手にごみ袋を提げて降りてくる。空き缶が詰まったのを収集所に置いた。

「ここは、取り壊されるんですかね？」

「はい。ぼくは明日、引っ越します」

「大家さんや、他の住人の方たちとは仲良くしてました?」

「大学とバイトさきのつきあいで一杯で、全然。バーベキューだけ出たことありますけど。なにか会があると、いつも、まえの住人さんたちもやって来て、楽しそうでしたけどね。ここで知りあったのが縁で結婚した人もいるとか」

太陽がもっと高く昇ってきて、背中が灼《や》かれ、湧いた汗でシャツが濡れる。雪子さんのやさしさに、全身をくるみこまれそうだった息苦しさばかりが頭の隅にこびりついた自分は、損をしたみたいだ。

上手くやれなかったのは自分も同じだった。

「いい空間だったんですね」

「合う人たちにとっては。いま、もうひと部屋はきのう越していって、あとひとりは、すごく長く住んでるおばさんですけど、あ、……いっしょにいたことがあるんじゃ？」

「え、……どんな人ですか」

「のっぽで、声優みたいな声の人。苗字は……、忘れました。そこにも出てないし」

二〇一の郵便受けを指さされる。薫は、いっそう汗が噴きだし眼のまえが翳《かげ》りそうで、やっと、お湯と化した水を流し込んだ。生き返る心地がしたのと同時に、最後の最後まで、ここでは嘘をつく羽目になる。

「いや、ぼくは交流がなかったような。いま……、夏休みでどこかに行ったりしてるのかな?」

「たぶん。いちばん仲良しだったのに、帰ったら、ショックだろうなあ」

「どうもありがとう。話せて良かったです」

甘えないで距離を置いて暮らせていたらしい青年を眩しく感じ、会釈を交わす。自分も、こうありたかった。薫は、その彼方に雪子さんの消えていった門に向かって手を合わせ、月光荘に背を向け歩きだした。ライヴハウスで声をかけてきた女の子と抱きあってもたれた石塀のある家のまえを通りかかると、上半身裸のおじいさんがバケツを手に出てきて打ち水を始めた。

タクシーが走ってくる。これ以上、汗みどろになるのが我慢できなくて止めた。

「短いけど、JRの高円寺駅まで」

「今日は異常気象ですからねえ」

歩いても十五分だ。こんな贅沢は学生のころは考えられなかった。五日市街道から角を曲がり、ボンネットをぎらつかせた車の連なる下り坂の向こうに駅舎が見えてきて、信号が赤になる。もっと手前にあった地下鉄の駅を使ってもよかったのに気づき、空になったペットボトルを膝のうえで潰した。二〇一号室の窓から生活用品が透けて見えていたようすを思い返すと、小野田さんも自分も揃って独身でいるのが可笑しくてたまらなくなった。

あんなに強くだれかに好意をぶちまけられたことはない。

あのアパートに住んで以来、女の人とつきあうのは、どうにも苦手だ。薫からその気になることはなく、向こうから近寄ってこられそうだと察すると、まだなにも始まらないうちから警戒し、さりげなく遠ざける癖がついた。プログラムがすりこまれたみたいに、深く考えないでもそうなり、いまは、もうそれでいいと思っている。

歩道を見やると、絞り染めのキャミソールに赤い巻きスカートをはいた両腕の逞《たくま》しい女の人が、三つ編みをいっぱいした髪型でサングラスをかけ、バックパックを背負い、こちらへのぼってきた。この町によくいる東南アジア好きのタイプ。木陰に立ちどまり汗を拭き、水分を補給する。うつむくと、ハンカチで眼もとを拭う仕草をした。タクシーが再び走り出した瞬間、薫は弾《はじ》かれたように、あれは四十歳の小野田さんに思えてふり返った。後ろ姿が、指さきでつまめそうにぐんぐん小さくなり、たちまち見えなくなる。

当たっているとして、訃報を知ったのはいつだろう。これからさき、彼女は夏が来るたびに、雪子さんの息の根を止めた熱を、薫よりもずっとつきあいが長く深いぶん、しつこくしつこく自分の身に置き換え空想しようとするのかもしれないと案じた。あなたのせいじゃない、とどれだけなぐさめられたとしても、自分が留守にしたせいで死なせたようで、夢でもうなされる。

駅に着き、総武線のホームで三鷹行きを待つ。辺りを見回すと、反対側の線路に向かって、髪を結いあげ目鼻立ちのひときわ濃い、すとんとした藍色のワンピースを着た女の子が立っていて、勝手に、我那覇さんのイメージを重ねた。一心に携帯をいじっている。千葉行きがさきに来て乗り込み、吊り革に摑まった。走り去ってから、薫は彼女のツイッターをチェックした。

〈大学のとき、親の会社が倒産して仕送りを断たれて、出世払いでいいからねってただでごはんを食べさせてもらえて命拾いしました。出世払いはかなわなかったなあ〉

〈風邪で寝込んでひもじい思いをしていたら、チンヌクジューシーの作り方を調べて作っ

て、おにぎりにして出前してくれた。沖縄の炊き込みごはん〉

我那覇さんも、いま、どこかで、薫もおじやをリクエストしたときに待ち受けた足音を、耳の奥によみがえらせている気がした。月光荘から、宙につづく階段をのぼり、雲ひとつない空へ舞いあがってゆく。

次にこの町で降りるのはまた二十年後だとしたら、自分はあのころの雪子さんの齢にぐっと近づいている。そんな自分の姿はちっとも想像がつかない。薫は汗を拭き、携帯をしまい、埃っぽいにおいの風を巻き起こしすべりこんできた黄色い電車に乗った。

初出　「群像」二〇一七年九月号

装丁　宮古美智代
装画　椎木彩子

木村紅美（きむら・くみ）
1976年兵庫県生まれ。小学校6年生から高校卒業まで宮城県仙台市で過ごし、現在の実家は岩手県盛岡市。明治学院大学文学部芸術学科卒。2006年に「風化する女」で第102回文學界新人賞を受賞。08年「月食の日」で第139回芥川賞候補、13年『夜の隅のアトリエ』で第35回野間文芸新人賞候補となる。その他の著書に『イギリス海岸 イーハトーヴ短篇集』『見知らぬ人へ、おめでとう』『春待ち海岸カルナヴァル』『まっぷたつの先生』などがある。

雪子《ゆきこ》さんの足音《あしおと》

二〇一八年二月一日　第一刷発行
著者――木村紅美《きむらくみ》

発行者――鈴木　哲
発行所――株式会社講談社
東京都文京区音羽二―一二―二一
郵便番号　一一二―八〇〇一
電話　出版　〇三―五三九五―三五〇四
販売　〇三―五三九五―五八一七
業務　〇三―五三九五―三六一五
印刷所――凸版印刷株式会社
製本所――黒柳製本株式会社

ISBN978-4-06-220983-0